Gertrude Stein

# La brave Anna

*Traduit de l'américain*
*par Raymond Schwab*



Gallimard

Cette nouvelle est extraite de *Trois vies*
(L'Imaginaire n° 87).

Née en 1874 dans une famille de riches israélites d'origine autrichienne installée en Pennsylvanie, Gertrude Stein grandit à Vienne, à Paris, puis à Oakland et San Francisco. Attirée par la psychologie, elle fait ses études à l'université de Radcliffe où elle est remarquée par le philosophe William James, frère du romancier Henry James. En 1903, elle s'installe rue de Fleurus à Paris et ouvre un salon littéraire où se réunit l'avant-garde artistique de l'époque : Braque, Apollinaire, Juan Gris, Max Jacob, René Crevel... Fascinée par la peinture contemporaine, elle achète des tableaux de Cézanne, Picasso et Matisse et les soutient dans leur travail. En 1909, paraît, à compte d'auteur, *Trois vies* dont le titre est un hommage aux *Trois contes* de Flaubert et à *Une vie* de Maupassant. Le livre obtient un succès critique et lance sa carrière d'écrivain. Pendant la Première Guerre mondiale, elle sert comme chauffeur dans une œuvre américaine de secours aux blessés français. Alice Toklas entre dans sa vie et devient sa compagne, confidente et secrétaire pendant plus de trente ans. Feignant d'écrire sa biographie, Gertrude Stein raconte l'histoire de leur couple dans l'*Autobiographie d'Alice Toklas* (1932). Pendant l'entre-deux-guerres, elle devient l'inspiratrice de la nouvelle littérature américaine, invente l'expression « génération perdue » et contribue à faire découvrir Hemingway, Fitzgerald, Dos Passos et Ezra Pound. Pendant la Seconde Guerre mondiale et l'Occupation, elle reste en France dans sa propriété de l'Ain. Dès la Libération, une nouvelle vague d'Américains se précipite rue de Fleurus. Gertrude Stein meurt en 1946 d'un cancer et est enterrée au cimetière du Père-Lachaise aux côtés d'Alice Toklas.

Sa collection admirable de tableaux modernes, ses caniches, sa vieille Ford, sa conviction profonde de son propre génie ont créé sa légende. Témoin et chroniqueur de son temps, elle a toujours professé que « l'affaire de l'art, c'est de vivre dans le présent ».

*Découvrez, lisez ou relisez les livres de Gertrude Stein :*

AUTOBIOGRAPHIE D'ALICE TOKLAS (L'Imaginaire n° 53)

TROIS VIES (L'Imaginaire n° 87)

# PREMIÈRE PARTIE

Les commerçants de Bridgepoint apprirent à craindre d'entendre prononcer : « Miss Mathilde », car avec ce nom la brave Anna l'emportait toujours.

Les plus stricts Uniprix s'apercevaient qu'ils pouvaient laisser les objets pour un peu moins, quand la brave Anna avait dit clairement que « Miss Mathilde » ne pouvait pas payer tant et qu'elle pouvait l'avoir à meilleur compte « chez Lindheim ».

Lindheim était le magasin préféré d'Anna, car là ils avaient des jours de réclame où la farine et le sucre se vendaient un quart de *cent* moins cher la livre, et là les chefs de rayons étaient tous ses amis et s'arrangeaient toujours pour lui faire les prix de réclame, même les autres jours.

Anna menait une vie laborieuse et tourmentée.

Anna faisait marcher toute la petite maison pour Miss Mathilde. C'était une drôle de petite maison, une maison dans une rangée entière de toutes pareilles qui faisaient un bloc compact comme une rangée de dominos qu'un enfant renverse, car elles étaient bâties le long d'une rue qui à cet endroit dévalait en pente abrupte. C'étaient de drôles de petites maisons à deux étages, avec des façades de brique rouge précédées de grands escaliers blancs.

Cette petite maison-là était toujours très remplie avec Miss Mathilde, et une servante en sous-ordre, des chiens et des chats errants et la voix d'Anna qui grondait, gouvernait, grognait tout au long du jour.

— Sallie ! est-ce que je ne peux donc pas vous laisser seule une minute sans que vous couriez à la porte voir le garçon boucher descendre la rue, et Miss Mathilde qui est là à réclamer ses souliers. Est-ce que je peux tout faire tandis que vous allez et venez toujours en ne pensant à rien du tout ? Si je ne suis pas derrière vous à toute minute, vous oublieriez tout le temps, et je me donne tout ce mal, et quand vous m'êtes arrivée, vous étiez aussi hirsute qu'une buse et aussi sale qu'un chien. Allez chercher à Miss Mathilde ses souliers là où vous les avez mis ce matin.

— Pierre ! — sa voix s'éleva, — Pierre ! — Pierre était le chien le plus jeune et le favori, — Pierre, si tu ne laisses pas Bébé tranquille, — Bébé était un vieux terrier aveugle qu'Anna aimait depuis de longues années, — Pierre, si tu ne laisses pas Bébé tranquille, je te ferai voir le fouet, vilain chien.

La brave Anna avait un idéal élevé de chasteté et de discipline canines. Les trois chiens attitrés, les trois qui vivaient toujours avec Anna, Pierre et la vieille Bébé, et le petit Rags ébouriffé qui sautait toujours en l'air simplement pour montrer qu'il était heureux, et de même les bêtes de passage, les nombreux errants qu'Anna gardait toujours jusqu'à ce qu'elle leur ait trouvé une maison, avaient tous pour stricte consigne de ne jamais être méchants l'un avec l'autre.

Une affreuse honte était arrivée une fois dans la famille. Un petit terrier de passage à qui Anna avait trouvé une maison donna tout à coup une récolte de chiots. Les nouveaux propriétaires étaient sûrs que cette Foxy n'avait connu aucun chien depuis qu'elle était confiée à leurs soins. La brave Anna soutint avec force que son Pierre et son Rags étaient innocents, et elle fit sa déclaration avec tant de chaleur que les propriétaires de Foxy furent finalement convaincus que les résultats étaient dus à leur négligence.

— Vilain chien, dit Anna à Pierre ce soir-là, vilain chien.

— C'était bien Pierre le père de ces chiots, expliqua la brave Anna à Miss Mathilde, et d'ailleurs ils lui ressemblaient exactement, et la pauvre petite Foxy, ils étaient si gros qu'elle pouvait à peine les mettre au monde, mais Miss Mathilde, jamais je ne voudrais que ces gens sachent que Pierre est si vilain.

Des périodes de mauvaises pensées venaient très régulièrement pour Pierre et pour Rags et pour leurs collègues en visite dans leur domaine. Dans de tels moments Anna avait beaucoup à faire et grondait ferme, et puis aussi elle se donnait toujours beaucoup de mal pour enfermer les méchants chiens loin l'un de l'autre chaque fois qu'elle avait à quitter la maison. Quelquefois pour voir dans quelle mesure elle les avait améliorés, Anna quittait la pièce un petit instant et les laissait tous ensemble, et puis elle revenait tout à coup. Tous ces chiens aux pensées coupables se reglissaient à leur place au bruit de sa main sur le bouton de la porte, et puis ils restaient assis mornes dans leur coin comme une bande d'enfants désappointés à qui on a repris le sucre volé.

L'innocente vieille Bébé aveugle était la seule à sauvegarder la dignité qui convient à un chien.

Vous voyez qu'Anna menait une vie laborieuse et tourmentée.

La brave Anna était une petite et étroite Allemande d'environ quarante ans à ce moment-là. Sa figure était usée, ses joues maigres, sa bouche tirée et ferme, et ses yeux bleu pâle étaient très brillants. Quelquefois ils étaient pleins d'éclairs et quelquefois pleins d'humour, mais ils étaient toujours vifs et clairs.

Sa voix était une voix agréable, quand elle racontait les histoires du vilain Pierre et de Bébé et du petit Rags. Sa voix était une voix aiguë et perçante quand elle criait aux charretiers et autres vilains individus ce qu'elle souhaitait qu'il leur arrive, quand elle les voyait battre un cheval ou donner un coup de pied à un chien. Elle ne faisait partie d'aucune société qui pût les arrêter et elle leur disait ça tout à fait franchement, mais sa voix forcée et ses yeux étincelants et son accent bizarre, perçant, anglais-germanique les effrayaient d'abord et ensuite leur faisaient honte. Ils savaient tous aussi que tous les policiers dans le secteur étaient ses amis. Ces gens-là respectaient toujours Miss Annie, comme ils l'appelaient, et lui obéissaient, et s'occupaient promptement de ses moindres réclamations.

Pendant cinq ans Anna gouverna la petite maison pour Miss Mathilde. Dans ces cinq ans il y eut sous ses ordres quatre servantes différentes.

La première était une jolie et gaie Irlandaise, Anna la prit non sans arrière-pensée. Lizzie était une servante docile et contente de son sort, et Anna commença d'avoir un peu confiance. Ce ne fut pas pour longtemps. La jolie et gaie Lizzie disparut un jour sans prévenir et avec tout son bagage et ne revint plus.

La jolie et gaie Lizzie fut remplacée par une mélancolique Molly.

Molly était née en Amérique, de parents allemands. Tous les siens étaient depuis longtemps morts ou partis. Molly avait toujours été seule. C'était une grande créature brune de peau terreuse, au cheveu rare, et elle était toujours incommodée par une toux, et elle avait un mauvais caractère, et toujours disait d'affreux jurons.

Anna trouvait tout cela très dur à supporter, mais elle conserva longtemps Molly par bonté. La cuisine était un perpétuel champ de bataille. Anna grondait et Molly jurait et sacrait prodigieusement et à ce moment Miss Mathilde fermait violemment sa porte pour montrer qu'elle entendait tout.

À la fin, Anna dut y renoncer. « S'il vous plaît, Miss Mathilde, est-ce que vous ne pourriez pas parler à Molly, dit Anna, je ne peux rien en faire. Je la gronde et elle n'a pas l'air d'entendre et puis elle jure que j'en suis terrifiée. Elle vous aime, Miss Mathilde, grondez-la une bonne fois, s'il vous plaît.

— Mais, Anna, cria la pauvre Miss Mathilde, je n'en ai pas envie, et cette personne forte, joyeuse, mais au cœur timide, semblait toute consternée d'une telle perspective… — Mais il le faut, s'il vous plaît, Miss Mathilde », dit Anna.

Miss Mathilde n'avait jamais envie de gronder, « Mais il le faut, s'il vous plaît, Miss Mathilde », dit Anna.

Miss Mathilde reculait tous les jours la gronderie, espérant toujours qu'Anna arriverait à mieux venir à bout de Molly. Ça n'alla jamais mieux et à la fin Miss Mathilde vit bien qu'il n'y avait plus rien à faire que de gronder.

Il fut convenu entre la brave Anna et sa Miss Mathilde qu'Anna serait sortie quand on gronderait Molly. Le lendemain soir qui était le soir de sortie d'Anna, Miss Mathilde affronta son devoir et descendit à la cuisine.

Molly était assise dans la petite cuisine, les coudes sur la table. C'était une grande fille maigre de vingt-trois ans, de peau terreuse, une nature souillon et sans soin mais à qui Anna avait inculqué une propreté superficielle. Sa robe de coton jaunâtre à rayures et son tablier à carreaux gris et noirs prolongeaient la longueur et renforçaient la tristesse de sa mélancolique figure. « Oh, Seigneur ! », gémit Miss Mathilde pour soi-même en approchant d'elle.

« Molly, je veux vous parler de votre conduite avec Anna, ici Molly plongea sa tête encore plus entre ses bras et se mit à pleurer.

— Oh ! Oh ! gémit Miss Mathilde.

— Tout ça, c'est la faute de Miss Annie, tout, dit enfin Molly, d'une voix tremblante. Je fais de mon mieux.

— Je sais qu'Anna est souvent difficile à

contenter, commença Miss Mathilde avec quelque élancement de remords, et puis elle revint à la réalité de son devoir, mais il faut vous rappeler, Molly, qu'elle ne veut que votre bien et qu'elle est vraiment très bonne pour vous.

— J'ai pas besoin de sa bonté, cria Molly, je voudrais que ce soit vous qui me disiez ce que j'ai à faire, Miss Mathilde, et alors ça marcherait très bien. Je déteste Miss Annie.

— Ça ne peut pas se passer comme ça, Molly, dit sévèrement Miss Mathilde, de sa voix la plus grave, la plus ferme, c'est Anna qui a la haute main à la cuisine et il faut lui obéir ou vous en aller.

— J'veux pas vous quitter, pleurnicha mélancoliquement Molly. — Eh bien ! Molly, alors essayez de faire mieux, répondit Miss Mathilde, en conservant un air bien sévère, et en se retirant rapidement de la cuisine.

— Oh ! Oh ! », gémit Miss Mathilde, en remontant les escaliers.

La tentative de Miss Mathilde pour mettre la paix dans le perpétuel conflit des deux femmes dans la cuisine n'eut pas d'effet positif. Elles ne tardèrent pas à se montrer aussi acharnées qu'avant.

Finalement on décida que Molly s'en irait. Molly s'en alla travailler dans une usine en ville, et elle alla vivre avec une vieille femme parmi les taudis, une très vilaine vieille femme, dit Anna.

Anna n'eut jamais la conscience tranquille sur le sort de Molly. Quelquefois elle l'apercevait ou en entendait parler. Molly n'allait pas bien, sa toux empirait, et la vieille femme était vraiment une horreur.

Au bout d'un an de cette vie malsaine, Molly fut complètement à bas. Alors, Anna la prit de nouveau en charge. Elle lui fit quitter son travail et la femme chez qui elle habitait et la plaça dans un hôpital jusqu'à ce qu'elle allât bien. Elle lui trouva une place de bonne d'enfant près d'une petite fille à la campagne, et Molly à la fin se fixa et fut satisfaite.

Tout d'abord, Molly n'eut pas de remplaçante attitrée. On était à quelques mois de l'été et Miss Mathilde partirait et la vieille Katy ferait bien l'affaire pour venir tous les jours aider Anna dans son travail.

La vieille Katy était une vieille Allemande lourde, laide, courte et rude, et parlait un bizarre germano-anglais déformé, bien à elle. Anna trouvait épuisant d'essayer de faire faire à la jeune génération tout ce qu'elle avait à faire et la rude vieille Katy ne répliquait jamais, et ne cherchait jamais à en faire à sa tête. Aucune gronderie ni insulte ne pouvait laisser de trace sur son cuir de grosse vieille paysanne. Elle disait son « Oui, Miss Annie », quand il lui fallait donner une réponse, et c'était toujours tout ce qu'elle pouvait dire.

— La vieille Katy n'est qu'une vieille bonne femme, Miss Mathilde, dit Anna, mais je crois que je vais la garder ici avec moi. C'est une travailleuse et elle ne me fait pas d'embêtements comme j'en ai eu tout le temps avec Molly.

Anna trouvait toujours drôle l'anglais embrouillé et paysan de cette vieille Katy, la rudesse de sa langue avec ces *s* qui bourdonnaient et les bizarreries de sa nature grossière et servile. Anna ne pouvait laisser la vieille Katy servir à table — la vieille Katy était d'une argile trop grossière pour cela — et par conséquent Anna avait tout cela à faire elle-même, ce qu'elle n'avait jamais aimé, mais même alors elle trouvait la simple et rude vieille plus agréable que toutes ces petites prétentieuses.

La vie ensuite continua avec beaucoup de

calme dans ces quelques mois jusqu'à l'été. Miss Mathilde passait l'océan chaque été et restait absente plusieurs mois. Quand elle partit cet été, la vieille Katy eut beaucoup de peine, et le jour où Miss Mathilde partit, la vieille Katy pleura fort pendant plusieurs heures. Une créature matérielle, grossière, servile et paysanne, sûrement cette vieille Katy. Elle resta debout là sur les marches de pierre blanche de la petite maison de brique rouge, avec son épaisse, osseuse tête carrée, avec sa maigre peau tannée et durcie et ses rares cheveux gris et crépus, et son corps solide trapu un peu plus développé à droite, et sa robe de coton bleu à rayures, et toute propre et toujours bien lavée mais rude et pénible à voir — et elle resta là sur les marches jusqu'à ce qu'Anna la fît rentrer, pleurnichante, son tablier sur la figure, et poussant de bizarres gémissements gutturaux entrecoupés.

Quand Miss Mathilde revint au début de l'arrière-saison, la vieille Katy n'était pas là.

— Je n'aurais jamais cru que la vieille Katy se conduirait ainsi, Miss Mathilde, dit Anna, alors qu'elle avait eu tant de peine quand vous êtes partie, et que je lui avais payé pleins gages tout l'été, mais elles sont toutes pareilles, Miss

Mathilde, il n'y en a pas une à qui on puisse se fier. Vous savez combien Katy disait qu'elle vous aimait, Miss Mathilde, et elle a continué à le dire quand vous étiez partie et puis elle était si brave et elle travaillait si bien jusqu'au milieu de l'été, quand je suis tombée malade, et alors elle est partie et m'a laissée toute seule et elle s'est placée à la campagne, où on lui offrait un peu plus. Elle ne m'a pas dit un mot, Miss Mathilde, elle s'est en allée simplement et m'a laissée là toute seule alors que j'étais malade après cet été terriblement chaud que nous avons eu, et après tout ce que nous avions fait pour elle quand elle ne savait où aller, et tout l'été je m'étais arrangée pour qu'elle mange mieux que moi-même. Miss Mathilde, il n'y en a pas une qui ait aucune idée de la façon de se conduire pour une bonne, pas une.

De la vieille Katy on n'entendit plus jamais parler.

Après cela pendant plusieurs mois on ne se décida pour aucun sous-ordre. Il en vint et il en partit, et aucun ne faisait l'affaire. Finalement Anna entendit parler de Sallie.

Sallie était l'aînée d'une famille de onze enfants et Sallie avait tout juste treize ans. Après

Sallie, ils s'échelonnaient de plus en plus petits dans sa famille, tous étaient toujours dehors à travailler sauf les tout à fait plus petits.

Sallie était une jolie Allemande blonde et souriante, et stupide et un peu nigaude. Plus ils étaient petits dans la famille, plus ils étaient éveillés. La plus éveillée de tous était une petite fille de dix ans. Elle faisait de grandes journées de travail à laver la vaisselle d'un ménage dans un bar, et elle se faisait de bonnes journées, et puis il y en avait une autre plus petite encore. Celle-là ne travaillait qu'une demi-journée. Elle faisait le ménage d'un docteur célibataire. Elle faisait tout, tout le ménage, et recevait ses huit *cents* de gages par semaine. Anna était toujours indignée quand elle racontait cette histoire.

— Je pense qu'il devrait lui donner dix *cents*, Miss Mathilde, en tout cas. Huit *cents* c'est une misère alors qu'elle lui fait tout le travail et puis c'est une petite si éveillée, pas stupide comme notre Sallie. Sallie n'apprendrait jamais à faire la moindre chose si je n'étais pas tout le temps à la gronder, mais Sallie est une brave fille, et je me charge de la faire très bien marcher.

Sallie était une brave et docile petite Allemande. Elle ne répliquait jamais à Anna, pas plus que Pierre, ni la vieille Bébé, ni le petit Rags, de sorte que la voix d'Anna avait beau s'élever toujours en violentes réprimandes et en remontrances fatiguées, ils faisaient tous bon ménage dans la cuisine.

Anna était une mère à présent pour Sallie, une bonne mère allemande de tous les instants qui veillait et grondait ferme pour garder la jeune fille de tout mauvais pas. Les tentations et les fautes de Sallie ressemblaient beaucoup à celles de ce vilain Pierre et de ce petit farceur de Rags, et Anna employait les mêmes moyens pour les empêcher tous les trois de faire le mal.

Le mal principal pour Sallie, outre qu'elle oubliait tout et ne se lavait jamais bien les mains pour servir à table, c'était le garçon boucher.

C'était un petit jeune assez peu attirant, ce garçon boucher. On en vint à soupçonner sérieusement Sallie de passer ses soirées en compagnie de ce vilain garçon quand Anna était sortie.

— Sallie est une si jolie fille, Miss Mathilde, disait Anna, et elle est si gourde et sotte, et elle met ce corsage rouge, et elle s'ondule les cheveux au petit fer qu'il y a de quoi rire, et alors je lui dis que si elle voulait bien se laver les mains, ça vaudrait mieux que de se parfumer tout le temps, mais vous ne pouvez rien obtenir des jeunes filles par le temps qui court, Miss Mathilde. Sallie est une brave fille, mais faut que je la surveille tout le temps.

On en vint à soupçonner de plus en plus sérieusement Sallie de passer les soirées de sortie d'Anna avec le garçon dans la cuisine.

Un matin de bonne heure la voix d'Anna s'éleva violemment.

— Sallie, ce n'est pas la même banane que j'ai rapportée hier pour Miss Mathilde pour son petit déjeuner, et vous êtes sortie dans la rue ce matin de bonne heure, qu'est-ce que vous y avez été faire ?

— Rien, Miss Annie, je suis juste sortie pour voir, c'est tout et c'est la même banane, j'vous assure que c'est la même, Miss Annie.

— Sallie, comment pouvez-vous dire ça après tout ce que je fais pour vous, et Miss Mathilde qui est toujours si bonne pour vous. Je n'ai au grand jamais rapporté hier de bananes tachées comme celle-là. Je vois bien, c'est ce garçon-là qui était ici hier soir et qui l'a mangée pendant que j'étais pas là, et vous êtes sortie pour en acheter une autre ce matin. J'veux pas de mensonges, Sallie.

Sallie tenait ferme dans sa défense mais ensuite elle l'abandonna et elle dit que c'était le garçon qui s'était emparé de la banane au moment où il se sauvait en entendant la clé d'Anna qui ouvrait la porte d'entrée. « Mais jamais plus je ne le laisserai rentrer, Miss Annie, vous pouvez y compter », dit Sallie.

Après cela la paix régna complètement pendant quelques semaines et puis avec une candeur de simple, Sallie revint certains soirs à son éclatant corsage rouge et à ses bijoux de pacotille et à ses cheveux frisottés.

Par un joli soir du début du printemps, Miss Mathilde se trouvait debout sur l'escalier près de la porte, le cœur léger par la jolie, la douce soirée. Anna arriva de la rue, revenant de sa sortie du soir. « Ne fermez pas la porte, s'il vous plaît, Miss Mathilde, dit Anna à voix basse, je ne veux pas que Sallie sache que j'suis rentrée. »

Anna traversa doucement la maison et atteignit la porte de la cuisine. Au bruit de sa main touchant le bouton, il y eut une bousculade éperdue et un claquement, et ensuite Sallie était assise là toute seule quand Anna entra dans la pièce, mais, hélas, le garçon boucher avait oublié son pardessus dans sa fuite.

Vous voyez qu'Anna menait une vie laborieuse et tourmentée.

Anna avait des ennuis aussi avec Miss Mathilde. « J'suis là à m'éreinter pour épargner l'argent et vous, quand vous sortez, vous dépensez tout à des bêtises », se désolait la brave Anna quand sa maîtresse, femme volumineuse et insouciante, rentrait avec une porcelaine, une gravure nouvelle et quelquefois même une peinture à l'huile sous le bras.

— Mais Anna, plaidait Miss Mathilde, si vous n'épargniez pas cet argent, est-ce que vous ne voyez pas que je ne pourrais pas acheter ces objets, et alors Anna se radoucissait et avait l'air contente jusqu'à ce qu'elle sût le prix, et alors en se tordant les mains : « Oh, Miss Mathilde, criait-elle, vous avez dépensé tout cet argent pour ça, quand vous avez si affreusement besoin d'une robe pour sortir. — Eh bien, peut-être que je m'en achèterai une l'année prochaine, Anna, concédait gaîment Miss Mathilde. — Si nous arrivons jusque-là, Miss Mathilde, je me charge de vous le faire faire », répondait alors sombrement Anna.

Anna était très fière de tout ce que savait et possédait sa chère Miss Mathilde, mais elle n'aimait pas son insouciance à porter toujours ses vieux vêtements. « Vous ne pouvez pas aller dîner en ville avec cette robe-là, Miss Mathilde, disait-elle, en lui barrant fermement la porte de la rue, il faut aller mettre la robe neuve avec laquelle vous avez toujours si bonne façon. — Mais, Anna, je n'ai plus le temps. — Si, vous l'avez, je vais monter et vous aider à l'ajuster, je vous en prie, Miss Mathilde, vous ne pouvez pas aller dîner en ville avec cette robe-là et l'année prochaine, si nous arrivons jusque-là, je vous ferai acheter un chapeau neuf aussi. C'est une honte, Miss Mathilde, de sortir comme ça. »

La pauvre maîtresse soupirait et devait céder. Ce qui convenait à sa paresseuse bonne humeur, c'était de ne jamais se compliquer l'existence, mais quelquefois elle devait accepter l'épreuve, car si souvent il lui fallait refaire tout le travail à moins de faire un saut rapide audehors avant qu'Anna eût chance de la voir.

La vie était toujours très facile pour cette volumineuse et paresseuse Miss Mathilde, avec la brave Anna qui prenait garde et souci d'elle et de ses vêtements et de ses biens. Mais, hélas, notre monde après tout est bien ce qu'il doit être et cette bonne vivante de Miss Mathilde eut aussi ses ennuis avec Anna.

C'était agréable qu'on fasse tout pour vous, mais souvent irritant que ce qu'on désirait juste le plus à ce moment-là on ne puisse pas l'avoir quand on avait eu la sottise de le demander au lieu d'en faire naître le désir. Et puis Miss Mathilde aimait à aller faire de joyeuses randonnées par la campagne, courant sans contrainte ni souci des distances, avec de joyeux camarades, par les collines ondulées et les champs de blé, radieux au soleil couchant, et les cornouillers d'un blanc étincelant sous la lune et les claires étoiles au ciel, et l'atmosphère lumineuse et le sang fouetté, et alors c'était pénible de penser à la colère d'Anna pour le retour tardif, bien que Miss Mathilde l'eût suppliée de ne pas préparer de repas chaud ce soir-là. Et puis quand toute la joueuse équipe de Miss Mathilde et de ses amis, fatigués d'avoir fait leur plein de santé et de vent brûlant et de soleil éblouissant dans les yeux, raides et épuisés non sans cause et tout à fait au point pour un bon repas et une douce détente, arrivaient tous ensemble à la petite maison, c'était pénible pour toute cette équipe fatiguée qui aimait les bonnes choses qu'Anna leur faisait manger, d'arriver devant la porte fermée et de se demander si c'était pour Anna soir de sortie ou de présence, et puis il fallait que les autres attendent en tremblant sur leurs jambes fatiguées pendant que Miss Mathilde attendrissait le cœur d'Anna, ou, si Anna était sortie effectivement, commandait sans crainte à la jeune Sallie de nourrir toute la bande affamée.

De telles choses étaient quelquefois pénibles à supporter et souvent Miss Mathilde se sentait elle-même une rebelle comme les joyeuses Lizzies, les mélancoliques Mollies, les rudes vieilles Katies et les stupides Sallies.

Miss Mathilde avait encore d'autres ennuis avec la brave Anna. Miss Mathilde devait protéger son Anna contre les nombreux amis qui avec la largeur d'idées des pauvres épuisaient ses économies et puis lui donnaient des promesses au lieu de paiements.

La brave Anna avait beaucoup de curieux amis qu'elle avait rencontrés dans les vingt ans qu'elle avait vécu à Bridgepoint, et Miss Mathilde devait souvent la protéger contre eux tous.

DEUXIÈME PARTIE

# LA VIE DE LA BRAVE ANNA

Anna Federner, cette brave Anna, était d'une solide souche d'Allemands du Sud, classe moyenne, partie inférieure.

Quand elle eut dix-sept ans, elle entra au service d'une famille bourgeoise, dans la grande ville voisine de sa ville natale, mais elle n'y resta pas longtemps. Un jour, sa maîtresse offrit sa bonne — c'était Anna — à une amie, pour la reconduire chez elle. Anna avait conscience d'être une servante, pas une bonne, et elle quitta aussitôt sa place.

Anna se rendit toujours compte avec un solide esprit vieux-monde, de ce qu'avait à faire en bonne règle une domestique.

Aucun argument n'avait pu la décider à s'asseoir dans le salon vide, bien que l'odeur de la peinture quand on installa la cuisine la rendît très malade, et toujours fatiguée comme elle était, jamais elle ne se serait assise pendant les longs bavardages qu'elle tenait avec Miss Mathilde. Une domestique était une domestique et devait toujours se conduire comme une domestique aussi bien pour tout le chapitre du respect que pour ce qu'elle devait manger.

Peu de temps après avoir quitté cette place, Anna et sa mère partirent pour l'Amérique. Elles vinrent en seconde, mais ce fut pour elles un long et morne voyage. La mère était déjà atteinte de phtisie.

Elles abordèrent dans une agréable ville de l'Extrême-Sud et là la mère mourut lentement.

Anna resta seule alors et elle se dirigea vers Bridgepoint où était déjà établi un demi-frère plus âgé. Le frère était un brave Allemand épais et pesant tout plein de cette impotence qui provient d'un excès de corpulence.

Il était boulanger et marié et était assez à l'aise.

Anna aimait assez son frère mais ne fut jamais à sa charge pour rien.

Quand elle arriva à Bridgepoint, elle se plaça chez Miss Mary Wadsmith.

Miss Mary Wadsmith était une femme blonde, volumineuse et désarmée, avec la charge de deux jeunes enfants. Ils lui avaient été laissés par son frère et sa femme qui étaient morts à quelques mois l'un de l'autre.

Anna eut bientôt le ménage entièrement sur les épaules.

Anna trouvait sa place chez les femmes volumineuses et généreuses, car celles-là étaient toujours paresseuses, insouciantes ou tout à fait désarmées, et de cette façon la charge de leur existence pouvait retomber sur Anna, et lui donner une juste satisfaction. Il fallait toujours que les patrons d'Anna fussent ces femmes volumineuses et désarmées, ou bien des hommes, car c'étaient les seuls qui pouvaient se laisser si librement entourer d'aises.

Anna n'avait pas un grand penchant naturel à aimer les enfants, tandis qu'il lui fallait aimer les chiens et les chats, et une patronne volumineuse. Elle n'eut jamais grande affection pour Edgar et Jane Wadsmith. Elle préférait naturellement le garçon, car les garçons aiment toujours mieux qu'on les serve et qu'on leur donne leurs aises et qu'on les gave, tandis que chez la petite fille elle ne pouvait manquer de rencontrer la féminine, la subtile opposition qui apparaît toujours de si bonne heure dans une nature de jeune fille.

Pour l'été, les Wadsmith avaient une agréable maison à la campagne, et ils passaient les mois d'hiver dans des appartements d'hôtel en ville.

Peu à peu Anna en vint à prendre l'entière direction de leurs déplacements, à prendre toutes les décisions pour leurs voyages aller et retour, et pour le choix des endroits où ils habiteraient.

Anna était chez Miss Mary depuis trois ans quand la petite Jane commença à manifester sa force d'opposition. Jane était une nette et charmante petite fille jolie et douce avec un charme de jeune fille, et avec deux nattes blondes soigneusement tressées qui lui pendaient dans le dos.

Comme son Anna, Miss Mary n'avait pas un grand penchant naturel à aimer les enfants, mais elle aimait ces deux jeunes êtres de son sang, et cédait docilement au pouvoir plus marqué de la vraiment charmante petite fille. Anna préférait le maniement plus rude du garçon, tandis qu'à Miss Mary la douce force et la mignonne domination de la fille se trouvaient mieux plaire.

Un printemps, alors qu'on avait fait tous les préparatifs de déménagement, Miss Mary et

Jane allèrent ensemble à la maison de campagne, et Anna, après avoir terminé les affaires en ville, devait les suivre quelques jours après avec Edgar dont les vacances n'avaient pas encore commencé.

Plusieurs fois pendant les préparatifs de cet été, Jane avait opposé à Anna une vive résistance, contrariant ses façons. Il était facile pour la petite Jane de donner des ordres désagréables, non de sa part, mais de la part de Miss Mary, la volumineuse, docile et désarmée Miss Mary Wadsmith qui ne pensait jamais à donner pour sa part aucun ordre à Anna.

Les yeux d'Anna devinrent lentement plus perçants, plus durs, et ses dents du bas avancèrent un peu et serrèrent fortement, formant toujours plus lentement le « Oui, Miss Jane », en réponse au rapide « Oh, Anna ! Miss Mary dit qu'elle veut que vous fassiez comme ça ! ».

Le jour de leur migration, Miss Mary avait déjà été mise dans la voiture. « Oh, Anna ! cria la petite Jane et elle rentra en courant dans la maison, Miss Mary dit que vous devez sortir les rideaux bleus de sa chambre et de la mienne. » Le corps d'Anna se raidit. « Nous ne nous en servons jamais en été, Miss Jane, dit-elle d'une voix épaisse. — Oui, Anna, mais Miss Mary pense que ce serait bien, et elle m'a dit de vous dire de ne pas oublier, au revoir ! » et la petite fille dégringola légèrement des marches dans la voiture et ils détalèrent.

Anna resta muette sur les marches, les yeux durs et perçants et brillants, le corps et la figure raides de rancune. Et puis elle rentra dans la maison, en faisant claquer la porte avec fracas.

La vie avec Anna fut très difficile dans les trois jours suivants. Même Bébé, le nouveau petit chien, l'orgueil du cœur d'Anna, cadeau de son amie la veuve Mrs Lehntman, même ce joli petit chien noir et feu sentit la chaleur de la flamme brûlante d'Anna. Et Edgar, qui s'était réjoui d'avance de ce temps à l'idée qu'il serait pour lui plein de liberté et de choses à manger, n'eut pas un moment de repos sous l'amer regard d'Anna.

Le troisième jour, Anna et Edgar allèrent à la maison de campagne des Wadsmith. Les rideaux bleus des deux chambres restèrent en place.

Tout le long du chemin Edgar s'assit devant avec le nègre et conduisit. C'était un des premiers jours de printemps dans le Sud. Champs et bois étaient lourds de pluie et détrempés ; les chevaux tiraient la voiture lentement sur la longue route, gluante d'argile jaune et raboteuse avec ses amas de pierres attendant çà et là d'être brisées et foulées sur place par les attelages de passage. Les pousses duveteuses du renouveau, petites fleurs, jeunes feuilles et fougères, couvraient et perçaient la terre mouillée. Les cimes d'arbres étaient toutes brillantes de rouges et de jaunes, de blancs éblouissants et de verts superbes. Toute l'atmosphère inférieure était pleine d'une brume humide qui s'élevait du sol accablé d'eau, mêlée à une chaude et bonne odeur que répandait la fumée bleue des feux de printemps par toute l'étendue des champs. Et sur tout cela il y avait, clair, l'air supérieur, et les chants d'oiseaux et l'allégresse du plein soleil et des jours qui rallongent.

La langueur et le remuement, la chaleur et la pesanteur, et la forte sensation de vie qui vient toujours des profondeurs terrestres en ces débuts mouillés de printemps inspirent toujours, quand une joie ardente et agissante n'y répond pas, de la colère, de l'irritation et de l'inquiétude.

Pour Anna seule alors dans la voiture, et se rapprochant à chaque pas d'un conflit avec sa patronne, la chaleur, la lenteur, les cahots sur les pierres, les chevaux fumants, les cris de gens, de bêtes, d'oiseaux, et tout le renouveau de vie alentour étaient simplement exaspérants. « Bébé si tu ne restes pas tranquille, j'ai envie de te tuer. Je ne peux plus supporter ça. »

À cette époque Anna, qui avait environ vingt-sept ans, n'était pas encore toute maigre et usée. Les angles et les saillants osseux de sa tête et de sa figure avaient encore des arrondis de chair, mais déjà le caractère et l'humeur se montraient acérés dans ses clairs yeux bleus, et le décharnement commençait autour de la mâchoire inférieure, qui souvent se contractait en remontant dans un mouvement de volonté.

À présent, seule dans cette voiture, elle était toute raide et encore toute tremblante d'un douloureux effort de détermination et de révolte.

Comme la voiture tournait sous la porte des Wadsmith, la petite Jane sortit en courant pour voir. Elle regarda simplement la figure d'Anna ; elle ne dit pas un mot des rideaux bleus.

Anna descendit de la voiture avec la petite Bébé dans les bras. Elle sortit tous les objets qu'elle avait apportés et la voiture repartit. Anna laissa tout sous le porche et entra dans la pièce où Miss Mary Wadsmith était assise près du feu.

Miss Mary Wadsmith était assise dans un grand fauteuil près du feu. Tous les coins et les creux du siège étaient remplis de sa molle personne étalée. Elle était vêtue d'une matinée de satin blanc, les manches étaient des énormités distendues par la masse de sa chair molle. Elle s'asseyait toujours là, volumineuse, désarmée, douce. Elle avait un beau visage clair, doux, régulier, avec des yeux gris-bleu agréables et vides, et de lourdes paupières endormies.

Derrière Miss Mary était la petite Jane, nerveuse et trépidante d'excitation quand elle vit entrer Anna dans la pièce.

— Miss Mary, commença Anna. Elle s'arrêta juste dans la porte, le corps et la figure contractés d'effort sur elle-même, les dents serrées durement et ces vives lueurs blanches dardées dans le pâle bleu limpide de ses yeux. Son attitude était empreinte de l'étrange coquetterie qu'ont la colère et la peur, de cette contraction, de ce redressement qui révèlent, sous la rigidité d'une tenue commandée, le mouvement suggestif et toutes ces bizarres façons que les passions ont de se laisser voir toutes semblables.

— Miss Mary, les mots venaient lentement avec une prononciation empâtée et par saccades, mais toujours fermes et forts. « Miss Mary, je ne peux plus supporter ça. Quand vous me dites de faire quelque chose, je le fais. Je fais tout ce que je peux et vous savez que je me tue de travail pour vous. Les rideaux bleus dans votre chambre c'est trop de travail à se donner pour l'été. Miss Jane ne sait pas ce que c'est que le travail, si vous voulez faire des choses comme ça je m'en vais. »

Anna s'arrêta encore. Ses paroles n'avaient pas la force de signification qu'elles étaient supposées avoir, mais la violence qu'il y avait dans la disposition d'esprit d'Anna effraya et terrifia Miss Mary jusqu'aux moelles.

Comme chez toute femme volumineuse et désarmée, le cœur de Miss Mary battait faiblement dans la masse molle et désarmée qu'il devait gouverner. L'excitation de la petite Jane avait déjà mis sa force à l'épreuve. Maintenant elle devint pâle et s'évanouit tout à fait.

— Miss Mary ! cria Anna en courant à sa maîtresse et en soutenant tout son poids abandonné à la renverse dans le fauteuil. La petite Jane, affolée, tournoyait aux ordres d'Anna, apportant des sels et de l'eau-de-vie et du vinaigre et de l'eau et frictionnait les poignets de la pauvre Miss Mary.

Miss Mary ouvrit lentement ses doux yeux. Anna expédia hors de la chambre la pleurnichante petite Jane. Elle parvint à elle seule à mettre Miss Mary au repos sur son lit.

Jamais il n'y eut plus une parole prononcée à propos des rideaux bleus.

Anna était victorieuse, et quelques jours plus tard la petite Jane lui donna un perroquet vert pour faire la paix.

Pendant six ans encore la petite Jane et Anna vécurent dans la même maison. Elles furent attentives et respectueuses l'une envers l'autre jusqu'à la fin.

Anna aimait beaucoup le perroquet. Elle avait un faible aussi pour les chats et les chevaux, mais de toutes les bêtes celles qu'elle aimait le mieux étaient les chiens et, de tous les chiens, la petite Bébé, le premier cadeau de son amie, la veuve Lehntman.

La veuve Lehntman était l'aventure dans la vie d'Anna.

Anna l'avait d'abord rencontrée chez son demi-frère le boulanger, qui avait bien connu le défunt M. Lehntman, un petit épicier.

Mrs Lehntman avait été sage-femme pendant de longues années. Depuis la mort de son mari, elle devait subvenir à son existence et à celle de deux jeunes enfants. Mrs Lehntman était une femme bien de sa personne. Elle avait un corps dodu et rondelet, une peau olivâtre claire, de sombres yeux brillants et des cheveux noirs drus et bouclés. Elle était agréable, magnétique, capable et bonne. Elle était très attirante, très généreuse et très aimable.

Elle avait quelques années de plus que notre brave Anna, qui fut bientôt entièrement subjuguée par son charme magnétique et son don de sympathie.

Mrs Lehntman dans son métier préférait accoucher les jeunes filles qui avaient des ennuis. Elle prenait celles-là chez elle et s'en occupait en secret, jusqu'à ce qu'elles puissent en toute innocence rentrer à la maison ou retourner à leur travail, et ensuite lui payer peu à peu ce qu'elles lui devaient pour ses soins. Et c'est ainsi que grâce à cette nouvelle amie Anna mena une vie plus large et plus intéressante, et souvent elle épuisait ses économies pour aider Mrs Lehntman à traverser ces moments où elle donnait plus qu'elle ne recevait.

Ce fut grâce à Mrs Lehntman qu'Anna rencontra le Dr Shonjen qui la prit à son service quand finalement il lui fallut quitter sa Miss Mary Wadsmith.

Pendant les dernières années chez sa Miss Mary Wadsmith la santé d'Anna fut très mauvaise et, en fait, il en fut toujours ainsi à partir de ce moment jusqu'à la fin de sa forte existence.

Anna était une femme de taille moyenne, maigre, dure au travail, et tracassée. Elle avait toujours eu de pénibles maux de tête et à présent ils revenaient plus fréquents et plus épuisants.

Sa figure devint maigre, plus osseuse et plus usée, sa peau prit une teinte jaune pâle, comme il arrive aux femmes malades qui travaillent, et le bleu clair de ses yeux pâlit.

Son dos la faisait pas mal souffrir aussi. Elle était toujours fatiguée en travaillant et son caractère devint plus difficile et irritable.

Miss Mary Wadsmith essayait souvent de forcer Anna à s'occuper un peu d'elle-même, et à aller voir un docteur, et la petite Jane, qui maintenant s'épanouissait en jolie et douce jeune fille, faisait de son mieux pour forcer Anna à faire quelque chose pour sa santé. Anna était toujours butée avec Miss Jane, et n'aimait pas qu'on se mêlât de ses affaires. Les gentils conseils de Miss Mary Wadsmith, elle pouvait toujours facilement les écarter.

Mrs Lehntman était la seule qui eût quelque pouvoir sur Anna. Elle l'amena à se laisser soigner par le Dr Shonjen.

Personne d'autre qu'un Dr Shonjen n'aurait pu décider cette brave Allemande d'Anna d'abord à cesser de travailler et ensuite à se soumettre à une opération, mais il savait si bien s'y prendre avec les Allemands et les pauvres gens. Gai, jovial, cordial, plein de blagues très drôles et pourtant plein de simple bon sens et de courage raisonné, il pouvait persuader même une brave Anna de faire ce qui était de son propre intérêt.

Il y avait quelques années maintenant qu'Edgar avait quitté la maison, d'abord pour aller à l'école et ensuite pour se préparer à devenir ingénieur. Miss Mary et Jane promirent de faire un voyage pendant tout le temps qu'Anna serait absente en sorte qu'on n'eût aucun besoin d'Anna, pour le travail, et qu'une autre domestique ne prît point sa place.

Ainsi Anna eut l'esprit un peu tranquillisé. Elle s'en remit à Mrs Lehntman et au docteur pour faire ce qu'ils croyaient le mieux pour lui rendre santé et force.

Anna supporta très bien l'opération, et fut patiente, presque docile, tandis qu'elle recouvrait lentement sa force de travail. Mais une fois qu'elle eut repris le travail pour sa Miss Mary Wadsmith, tout le bon effet de ces quelques mois de repos s'en alla bientôt en travail et en tracas.

Pendant tout le reste de sa dure vie de travail, Anna ne fut plus jamais vraiment bien. Elle avait tout le temps de pénibles maux de tête et elle était toujours maigre et usée.

Elle se mina au travail l'appétit, la santé et la force, et toujours par intérêt pour ceux qui ne lui demandaient pas de travailler si dur. Dans sa pensée, dans sa têtue et fidèle âme allemande, c'était la vraie façon dont une domestique devait se conduire.

La vie d'Anna avec Miss Mary touchait maintenant à sa fin.

Miss Jane, devenue tout à fait une jeune personne, avait fait son entrée dans le monde. Bientôt elle se fiancerait et puis se marierait, et puis peut-être Miss Wadsmith irait habiter avec elle.

Dans un ménage comme celui-là Anna était certaine qu'elle ne prendrait jamais de service.

Miss Jane était toujours attentive et respectueuse et très bonne pour Anna, mais Anna ne pourrait jamais être domestique dans un ménage où Miss Jane commanderait. Cela en tout cas était absolument certain dans son idée, et dans ces conditions ces deux dernières années avec Miss Mary ne furent pas aussi heureuses qu'avant.

Le changement arriva très vite.

Miss Jane se fiança et quelques mois plus tard devait épouser un jeune homme d'une autre ville, de Curden, à une heure de chemin de fer de Bridgepoint.

La pauvre Miss Mary Wadsmith ignorait la ferme décision qu'Anna avait prise de se séparer d'elle quand ce nouveau ménage aurait pris forme. Anna trouvait très difficile de parler de ce changement à Miss Mary.

Les préparatifs du mariage se poursuivaient jour et nuit.

Anna travaillait et cousait ferme pour que tout marche bien.

Miss Mary était très agitée, mais heureuse d'avoir Anna pour tout arranger si facilement pour tout le monde.

Anna travaillait ainsi tout le temps pour noyer son chagrin et sa conscience aussi, car tout de même ce n'était pas bien de quitter ainsi Miss Mary. Mais que pouvait-elle faire d'autre ? Elle ne pouvait pas être domestique chez sa Miss Mary, dans une maison où Miss Jane commanderait.

Le jour du mariage approchait rapidement. Finalement, il arriva et passa.

Les jeunes gens partirent pour leur voyage de noces, et Anna et Miss Mary restèrent pour tout emballer.

Même alors la pauvre Anna n'avait pas eu la force d'annoncer à Miss Mary sa décision, mais maintenant il fallait le faire.

À chaque minute qu'elle avait de libre, Anna courait chez son amie Mrs Lehntman pour lui demander réconfort et conseil. Elle supplia son amie d'être avec elle quand elle apprendrait la nouvelle à Miss Mary.

Peut-être si Mrs Lehntman n'avait pas été à Bridgepoint, Anna aurait essayé de vivre dans la nouvelle maison. Mrs Lehntman ne la poussait pas à faire cela ni même ne lui en donnait le conseil, mais son sentiment pour Mrs Lehntman, étant ce qu'il était, faisait que même la fidèle Anna n'était plus tout à fait aussi fortement dévouée aux besoins de Miss Mary qu'elle aurait été sans cela.

Rappelez-vous, Mrs Lehntman était l'aventure dans la vie d'Anna.

Maintenant tous les emballages étaient faits et dans quelques jours Miss Mary devait aller dans la nouvelle maison, où les jeunes gens étaient prêts à la recevoir.

Finalement Anna dut parler.

Mrs Lehntman accepta de l'accompagner et de l'aider à expliquer l'affaire à la pauvre Miss Mary.

Les deux femmes vinrent ensemble trouver Miss Mary Wadsmith qui était assise placidement près du feu dans le salon vide. Miss Mary avait vu Mrs Lehntman bien des fois déjà, et l'arrivée de celle-ci en compagnie d'Anna ne fit donc naître aucun soupçon en elle.

C'était très difficile pour les deux femmes de commencer.

Il fallait faire cela très doucement, cette annonce du changement à Miss Mary. Il fallait qu'elle ne fût pas saisie par la soudaineté de la chose ou gagnée par une excitation.

Anna était toute contractée et intérieurement toute tremblante de honte, d'anxiété et de chagrin. Même la courageuse Mrs Lehntman, toute capable, spontanée et aimable qu'elle était, et alors que l'événement ne la concernait pas profondément, se sentait gauche, décontenancée et presque coupable devant cette présence volumineuse, douce, désarmée. Et à son côté pour lui faire sentir la force de tout cela, il y avait l'intense conviction de la pauvre Anna, luttant pour rester insensible et sûre de son bon droit et maîtresse de soi.

— Miss Mary — avec Anna quand quelque chose devait sortir c'était toujours tranchant et bref — Miss Mary, Mrs Lehntman est venue ici avec moi pour que je puisse vous dire que je ne resterai pas avec vous là-bas à Curden. Bien sûr que j'irai vous aider à vous installer et ensuite je crois que je reviendrai rester ici à Bridgepoint. Mon frère est ici, vous savez, avec toute sa famille, et je pense que ce ne serait pas bien de m'en aller si loin d'eux, et vous savez vous n'aurez pas tellement besoin de moi maintenant, Miss Mary, quand vous serez tous ensemble là-bas à Curden.

Miss Mary Wadsmith était toute perdue. Elle ne comprenait pas ce qu'Anna voulait dire par ce qu'elle avait dit.

— Mais, Anna, bien entendu vous pourrez venir voir votre frère tant qu'il vous plaira, et je vous payerai toujours votre voyage. Je croyais que vous aviez compris tout cela, et nous serons très heureux de recevoir vos nièces aussi souvent qu'il leur plaira. Il y aura toujours assez de place dans une grande maison comme celle de M. Goldthwaite.

C'était à Mrs Lehntman d'entrer en scène.

— Miss Wadsmith ne comprend pas bien ce que vous voulez dire, Anna, commença-t-elle. Miss Wadsmith, Anna sent combien vous êtes bonne et gentille et elle en parle tout le temps, et de tout ce que vous faites pour elle de toutes les façons que vous pouvez, et elle est très reconnaissante et n'aurait jamais voulu vous quitter, seulement elle pense que ça vaudrait mieux, maintenant que Mrs Goldthwaite a cette grande maison nouvelle et qu'elle voudra la mener à sa façon elle pense que peut-être ça vaudrait mieux si Mrs Goldthwaite n'avait que de nouvelles domestiques avec elle pour commencer avec elles, et pas une servante comme Anna qui l'a connue quand elle était petite fille. Voilà comment Anna voit les choses maintenant, et elle m'a demandé et je lui ai dit que je pensais que ça vaudrait mieux pour vous tous et que vous saviez qu'elle vous aimait tant et que vous étiez si bonne pour elle et que vous comprendriez pourquoi elle pense que ça ira mieux dans la nouvelle maison si elle reste ici à Bridgepoint, en tout cas pour un bout de temps jusqu'à ce que Mrs Goldthwaite soit habituée à sa nouvelle maison. Est-ce que ce n'est pas ça, Anna, que vous vouliez que Miss Wadsmith sache ?

— Oh, Anna, Miss Mary Wadsmith dit cela lentement et avec un accent de surprise peinée qui était très dur à supporter pour la brave Anna. Oh, Anna, je n'avais jamais pensé que vous voudriez me quitter après toutes ces années.

— Miss Mary ! cela sortit dans une explosion étranglée et saccadée, Miss Mary, c'est seulement de travailler sous les ordres de Miss Jane qui fait maintenant que je vous quitte. Je sais combien vous êtes bonne et je me tue de travail pour vous et pour Mr Edgar et pour Miss Jane aussi, seulement Miss Jane elle voudra que tout soit autrement que comme nous avons toujours fait, et vous savez, Miss Mary, j'pourrai pas supporter d'avoir tout le temps Miss Jane sur le dos, et à chaque minute quelque chose de nouveau. Miss Mary, ça irait très mal et Miss Jane a vraiment pas envie que j'aille avec vous dans la nouvelle maison, je vois bien ça tout le temps. S'il vous plaît, Miss Mary, faut pas m'en vouloir pour ça ni croire que j'aurais jamais eu envie de vous quitter si je pouvais faire convenablement les choses pour vous de la façon qu'on doit les faire.

Pauvre Miss Mary. Lutter n'était pas son affaire. Anna aurait sûrement cédé si elle avait lutté, mais lutter était une tâche trop forte et trop ennuyeuse pour la paisible Miss Mary. Si Anna voulait cela, cela devait être. La pauvre Miss Mary soupira, jeta à Anna un regard désenchanté et abandonna la partie.

— Il faut faire ce qui vous paraît le mieux, Anna, dit-elle enfin en laissant toute sa molle personne retomber dans son fauteuil. Je regrette beaucoup et je suis sûre que Miss Jane regrettera aussi beaucoup quand elle apprendra ce que vous avez cru avoir de mieux à faire. C'était très gentil à Mrs Lehntman de vous accompagner et je suis sûre qu'elle a agi pour votre bien. Je suppose que vous voulez sortir un peu maintenant. Rentrez dans une heure, Anna, pour m'aider à me coucher. Miss Mary ferma les yeux et resta immobile et placide près du feu.

Les deux femmes s'en allèrent.

Telle fut la fin du service d'Anna chez Miss

Mary Wadsmith, et bientôt commença sa nouvelle vie à s'occuper du Dr Shonjen.

Tenir la maison d'un jovial médecin célibataire fournit de nouveaux éléments de compréhension à l'esprit de vieille fille allemande d'Anna. Ses habitudes étaient aussi arrêtées qu'avant, mais il y avait toujours ceci avec Anna que les choses qu'elle avait faites une fois avec plaisir et de bon cœur pouvaient toujours se répéter, comme de se lever à toute heure de la nuit pour faire à manger et faire cuire des côtelettes et sauter du poulet pour le Dr Shonjen et ses amis célibataires.

Anna aimait à travailler pour les hommes, parce qu'ils peuvent manger tant et avec tant de plaisir. Et quand ils étaient réchauffés et rassasiés, ils étaient satisfaits, et la laissaient faire tout ce qui lui plaisait. Non que la conscience d'Anna s'endormît jamais, car qu'on s'en mêlât ou non elle ne s'efforçait pas moins de continuer à épargner chaque centime et à travailler à toute heure du jour. Mais à vrai dire elle aimait mieux quand elle pouvait gronder. Maintenant ce n'était pas seulement les autres servantes et le nègre, et les chiens, et les chats, et les chevaux, et son perroquet, mais son gai maître, ce farceur de

Dr Shonjen, qu'elle pouvait régenter et constamment réprimander pour son bien.

Le docteur aimait vraiment ses gronderies comme elle-même aimait ses méfaits à lui et ses joyeuses façons de blaguer.

Ce temps fut un heureux temps pour Anna.

Son humeur fantaisiste se montrait maintenant pour la première fois, sa sensibilité à la drôlerie des bizarres façons d'être des gens, qui devait par la suite lui faire trouver plaisir à la servile et mal dégrossie Katy, aux façons nigaudes de Sallie et aux frasques de Pierre et de Rags. Elle aimait à jouer avec les squelettes que possédait le docteur, à les faire bouger et à produire des bruits étranges jusqu'à ce que le boy noir tremblât sur ses jambes et se mît à rouler des yeux blancs dans une peur folle.

Ensuite Anna allait raconter ces histoires à son docteur. Sa figure usée, maigre, ravinée, décidée, se faisait de nouveaux plis comiques, et ses yeux bleu pâle s'allumaient de drôlerie et de gaîté quand son docteur laissait éclater son rire bon enfant. Et la brave Anna possédée de la coquetterie du succès bridait sa maigre et anguleuse personne de vieille fille, à se travailler, elle et ses histoires, en vue du succès.

Les premiers temps près du jovial Dr Shonjen furent des temps très heureux pour la brave Anna.

Toutes les heures libres d'Anna en ces premiers temps elle les passait chez son amie la veuve Lehntman. Mrs Lehntman habitait avec ses deux enfants une petite maison dans le même quartier de la ville que le Dr Shonjen. L'aînée des deux enfants était une petite fille qui s'appelait Julie et avait alors à peu près treize ans. Cette Julie Lehntman était une fille assez peu attirante, les traits durs, insignifiante et entêtée comme avait été son lourd Allemand de père. Mrs Lehntman ne se tracassait guère pour elle, mais elle lui donnait toujours ce qu'elle demandait, et la laissait faire ce qui lui plaisait. Ce n'était pas indifférence ou antipathie de la part de Mrs Lehntman, c'était simplement sa façon habituelle.

L'autre enfant était un garçon, de deux ans plus jeune que sa sœur, un joyeux bonhomme éveillé et sympathique, et qui aussi faisait ce qui lui plaisait de son argent et de son temps. Tout cela se passait ainsi avec Mrs Lehntman parce qu'elle avait en tête et dans la maison tant de choses qui réclamaient son attention et son temps.

La négligence et le relâchement du train de maison ainsi que l'indifférence de cette mère pour l'éducation de ses enfants étaient très durs à supporter pour notre brave Anna. Bien entendu elle faisait de son mieux pour gronder, pour faire des économies à Mrs Lehntman et pour mettre les choses à leur place comme elles doivent être.

Même dans les premiers temps quand Anna commençait à subir la fascination de la supériorité et du charme de Mrs Lehntman, elle avait été tourmentée dans la maison de Mrs Lehntman par le besoin de mettre les choses en ordre. Maintenant que les deux enfants en grandissant prenaient plus d'importance dans la maison, et maintenant qu'avec une longue connaissance les yeux d'Anna s'étaient défaits de leur éblouissement, elle commença à lutter pour que les choses soient mises là où elle pensait qu'il fallait.

Elle monta la garde et gronda ferme à cette époque pour forcer la jeune Julie à se conduire comme elle devait. Non que Julie Lehntman plût aux yeux de la brave Anna, mais il ne pouvait pas se faire qu'une jeune fille qui grandit n'eût besoin de personne pour lui apprendre à agir correctement.

Le garçon était plus facile à gronder, car les gronderies ne pénétraient jamais bien profondément, et en vérité il les aimait bien car elles apportaient avec elles de nouvelles choses à manger, et de joyeuses taquineries et de bonnes blagues.

Tout cela rendait Julie, la fille, très maussade, et très souvent elle avait gain de cause, car après tout Miss Annie ne lui était pas parente et n'avait pas de raison de venir là lui faire des histoires tout le temps. Recourir à sa mère n'aurait servi à rien. C'était étonnant comme Mrs Lehntman était capable d'écouter et de ne pas entendre, capable de répondre et pourtant de ne pas décider, capable de dire et faire ce qu'on lui demandait et pourtant de laisser les choses en l'état.

Un jour cela devint presque trop dur à supporter pour l'amitié d'Anna même.

— Alors, Julie, est-ce que votre maman est sortie ? demanda Anna, un samedi après-midi d'été, en entrant chez les Lehntman.

Anna s'était faite très belle ce jour-là. Elle était toujours habillée avec soin tout en ménageant ses vêtements neufs. Elle faisait toujours en sorte de pratiquer son propre idéal quant à la tenue convenable pour une servante qui prend sa sortie du dimanche. Anna savait si bien le genre de laideur approprié à chaque catégorie sociale.

C'était intéressant de la voir acheter pour Miss Wadsmith et par la suite pour sa chère Miss Mathilde et toujours uniquement d'après son propre goût et souvent aussi bon marché qu'elle achetait pour ses amis ou pour elle-même, et de voir comment pour les premières elle choisissait des choses qui avaient l'allure qu'il fallait pour quelqu'un des classes supérieures, et pour les autres toujours des objets qui avaient cette disgrâce et cette laideur que nous appelons teutoniques*. Elle savait ce qu'il y avait de mieux dans chaque genre, et jamais au cours de sa forte existence elle ne transigea sur ses convictions quant à la vraie façon pour une servante de s'habiller.

Par ce beau dimanche après-midi d'été elle arriva chez les Lehntman tout endimanchée avec son corsage neuf de soie rouge brique garni d'un large galon perlé noir, une jupe de drap foncé et un chapeau neuf de paille noire

* Le texte dit : Dutch (hollandais).

raide et brillant, garni de rubans de couleur vive et d'un oiseau. Elle portait des gants neufs, et un boa de plumes autour du cou.

Sa fluette, maigre et gauche personne et sa figure usée pâle et jaune tout éclairées qu'elles étaient par le beau soleil d'été juraient étrangement avec l'éclat de ses vêtements.

Elle arriva chez les Lehntman, où elle n'était pas venue depuis plusieurs jours, et, en ouvrant la porte qui n'était jamais fermée à clé chez les petits bourgeois dans les gentilles villes du Sud, elle trouva Julie seule dans le salon familial.

— Alors, Julie, où est votre maman ? demanda Anna. — M'man est sortie, mais entrez, Miss Annie, et venez voir notre nouveau frère. — Qu'est-c'que c'est qu'cette bêtise, Julie, dit Anna en s'asseyant. — C'est pas une bêtise, Miss Annie. Est-c'que vous savez pas que maman vient d'adopter un gentil et joli petit garçon ? — Vous dites des bêtises, Julie, vous devriez savoir qu'on ne dit pas des choses pareilles. — Bon, Miss Annie, vous êtes pas forcée de croire ce que je dis, mais le petit bébé est dans la cuisine et m'man vous le racontera elle-même quand elle rentrera.

Cela avait l'air tout à fait extravagant, mais

Julie avait l'air de dire vrai et Mrs Lehntman était capable de faire des choses plus étranges. Anna était inquiète. « Qu'est-ce que vous voulez dire, Julie, dit-elle. J'veux rien dire, Miss Annie, vous croyez pas que le bébé est là-dedans, eh bien, allez voir vous-même. »

Anna entra dans la cuisine. Un bébé était bel et bien là, et ça avait l'air d'un solide petit garçon. Il dormait à poings fermés dans un panier qui se trouvait dans le coin près de la porte ouverte.

— Vous voulez dire que votre maman l'a seulement laissé ici pour un petit moment, dit Anna à Julie qui l'avait suivie dans la cuisine pour voir Miss Annie piquer une rage. — Pas du tout, Miss Annie. La mère c'était cette bonne, Lily, qui a quitté sa place chez les Bishop à la campagne, et elle veut pas d'enfants, et m'man aimait tant le petit garçon, elle a dit qu'elle le gardera ici et l'adoptera comme son propre enfant.

Anna, pour une fois, était proprement muette d'étonnement et de fureur. La porte d'entrée claqua.

— V'là m'man maintenant, cria Julie non sans inquiétude dans son triomphe, car elle ne savait pas très bien en conscience dans quel camp elle était. V'là m'man et vous pourrez lui demander vous-même si j'vous ai pas dit la vérité.

Mrs Lehntman entra dans la cuisine où elles étaient. Elle était affable, impersonnelle et gentille, comme à son ordinaire. Pourtant ce jour-là, malgré ces manières habituelles qui lui réussissaient si bien dans son métier de sage-femme, on percevait qu'elle avait de la peine à ne pas se sentir coupable, car comme tous ceux qui avaient affaire avec la brave Anna, Mrs Lehntman craignait son caractère tout d'une pièce, ses jugements vigoureux et l'âpre violence de sa langue.

Il avait été facile de voir pendant les six ans que les deux femmes étaient amies, qu'Anna peu à peu en était venue à prendre le commandement. Pas tout à fait le commandement, bien entendu, car Mrs Lehntman ne pouvait jamais se laisser conduire, elle avait des façons tellement capricieuses ; mais Anna en était venue à prendre la direction chaque fois qu'elle pouvait apprendre ce que Mrs Lehntman avait l'intention de faire avant que le fait fût accompli. Maintenant il était difficile de dire qui sortirait vainqueur. Mrs Lehntman avait sa faculté de ne pas entendre et son heureuse façon d'accorder une aimable attention diffuse, et puis elle avait cet avantage de son côté que, après tout, la chose était déjà faite.

Anna était, comme d'habitude, le champion de la raison. Elle était raide et pâle de colère et de crainte, et agitée et tremblante comme une feuille selon son habitude quand une âpre bataille s'approchait.

Mrs Lehntman était naturelle et gentille en entrant dans la pièce. Anna était raide et muette et toute blanche.

— On ne vous a pas vue depuis longtemps, Anna, commença cordialement Mrs Lehntman. J'commençais justement à m'tracasser à l'idée que vous soyez malade. Sapristi ! c'est qu'il fait une de ces chaleurs aujourd'hui. Entrez au salon, Anna, Julie nous fera du thé glacé.

En un silence crispé, Anna suivit Mrs Lehntman dans l'autre pièce, et une fois là elle ne prit, y étant invitée, pas de siège.

Comme toujours avec Anna quand il fallait que quelque chose sorte, cela sortait bref et tranchant. Elle retrouvait difficilement son souffle pour le moment, et tous ses mots venaient par saccades.

— Mrs Lehntman, c'est pas vrai ce que Julie

disait que vous prenez le garçon de Lily pour le garder. J'ai dit à Julie quand elle me l'a dit qu'elle était toquée de raconter ça.

La grande excitation d'Anna lui coupait la respiration, et faisait venir par saccades ses paroles tranchantes. Les sentiments de Mrs Lehntman détendaient sa respiration, et lui faisaient venir des paroles lentes, mais encore plus aimables et plus faciles qu'avant.

— Voyons, Anna, commença-t-elle, ne comprenez-vous pas que Lily n'pouvait pas garder son garçon puisqu'elle travaille en ce moment chez les Bishop, et le cher petit bonhomme est si gentil, et vous savez comme j'adore les gosses, et j'ai pensé que ce serait très bien pour Julie et pour Willie d'avoir un petit frère. Vous savez que Julie aime beaucoup jouer avec les bébés, et je suis forcée d'être dehors si souvent et Willie s'en va courir les rues tout le temps, et vous comprenez, un bébé sera comme qui dirait une gentille compagnie pour Julie, et vous savez, vous dites toujours, Anna, que Julie ne devrait pas être tant par les rues et le bébé sera très utile pour la retenir à la maison.

Anna devenait à chaque minute plus pâle d'indignation et d'emportement.

— Mrs Lehntman, j'comprends pas de quoi vous allez vous mêler en prenant un autre bébé à votre compte, quand vous pouvez pas faire ce qui est convenable pour ceux que vous avez déjà, Julie et Willie. V'là Julie, personne ne lui dit quoi que ce soit quand j'suis pas là, et qui est-ce qui va lui dire maintenant comment s'y prendre pour le bébé ? Elle a pas la moindre idée de la bonne façon de s'y prendre avec les enfants, et vous qu'êtes dehors tout le temps, et vous avez pas le temps non plus pour les vôtres, et maintenant vous voulez vous mettre ceux des autres sur les bras. Je savais bien que vous étiez sans souci, Mrs Lehntman, mais j'aurais pas cru que vous pouviez faire comme ça. Non, Mrs Lehntman, c'est pas votre devoir de vous embarrasser de point d'autres, quand vous avez deux enfants à vous, qui doivent se débrouiller tant bien que mal, et vous savez que vous n'avez pas trop d'argent toujours, et vous êtes là tellement sans souci à le dépenser toujours, et voilà Julie et Willie qui deviennent grands. C'est pas une chose à faire, Mrs Lehntman, d'agir comme ça.

Ça allait aussi mal que possible. Anna m'avait jamais dit ainsi son avis à son amie jusqu'alors.

Cette fois il était trop âpre pour que Mrs Lehntman ne se défende pas de l'avoir entendu. Si elle s'attachait vraiment au sens de ces paroles elle ne pourrait jamais plus demander à Anna de revenir chez elle, et elle aimait beaucoup Anna, et était habituée à compter sur ses économies et sa force. Et puis aussi Mrs Lehntman ne pouvait réellement pas comprendre d'âpres idées. Elle était trop flottante pour prendre contact avec un dur tranchant.

Alors elle s'arrangea pour comprendre tout ceci d'une façon qui lui rendit facile de dire : « Allons, Anna, je crois que vous surveillez trop ce que les enfants sont en train de faire à chaque minute du jour. Julie et Willie sont vraiment sages, et ils jouent avec les enfants les mieux élevés du quartier. Si vous en aviez qui soient bien à vous, Anna, vous verriez qu'y a pas de mal à les laisser faire un peu ce qui leur plaît, et Julie aime tellement ce bébé, ça serait tellement mal de l'envoyer à l'Assistance maintenant, vous savez que ça le serait, Anna, et vous qui aimez tellement les enfants vous-même, et qui êtes toujours si gentille pour mon Willie. Non, je vous assure, Anna, c'est bien facile de dire que je devrais envoyer ce pauvre petit mignon à l'Assistance alors que je pourrais le garder ici où il serait si bien, mais vous savez bien, Anna, que vous n'aimeriez pas le faire vous-même, oui, vous savez bien que vous ne le feriez pas, Anna, quoique vous me parliez si durement. Mon Dieu ! qu'il fait chaud aujourd'hui, qu'est-ce que tu fabriques donc là-bas avec ce thé glacé, Julie, pendant que tout ce temps Miss Annie attend pour se rafraîchir ? »

Julie apporta le thé glacé. Elle était si agitée par la conversation qu'elle venait d'entendre de la cuisine qu'elle versa une bonne partie des verres sur le plateau. Mais elle n'avait rien à craindre parce qu'Anna était si profondément plongée dans ce tracas qu'elle ne vit même pas ces osseuses et maladroites mains stupides et sottes qui faisaient toujours tout de travers.

— Voici, Miss Annie, dit Julie, Miss Annie, voici votre verre de thé, je sais que vous l'aimez bien fort.

— Non, Julie, je ne veux pas de thé glacé ici. Ta maman ne peut plus se permettre maintenant d'employer son argent à du thé glacé pour ses amies. Ça peut pas aller qu'elle continue à faire ça maintenant. Je m'en vas voir Mrs Drehten maintenant. Elle fait tout ce qu'elle peut, et voilà qu'elle est malade d'avoir tant travaillé pour s'occuper de ses propres enfants. Alors, j'y vas. Au revoir, Mrs Lehntman, j'espère que ça ne vous portera pas malchance d'faire ce que c'est pas bien que vous fassiez.

— Ben, Miss Annie est absolument furieuse maintenant ! dit Julie, comme la brave Anna faisait trembler la maison en fermant la porte de la rue délibérément dans un claquement à tout casser.

Il y avait maintenant plusieurs mois qu'Anna était intime avec Mrs Drehten.

Mrs Drehten avait eu une tumeur et était allée voir le Dr Shongen pour se faire soigner. Au cours de ses visites chez lui, elle et Anna avaient appris à se plaire beaucoup l'une à l'autre. Il n'y avait rien de fébrile dans cette amitié, c'était simplement des échanges entre deux femmes travailleuses et tracassées, l'une grosse et maternelle, au visage aimable, patient, doux, usé et tolérant qui lui venait d'avoir eu à obéir à un mari allemand et sept solides filles et garçons à enfanter et élever, et l'autre était notre brave Anna, avec son corps de vieille fille, sa mâchoire volontaire, ses yeux pleins d'humour, clairs et francs et son visage tiré, usé, maigre et jaune pâle.

Mrs Drehten menait une existence patiente, simple, laborieuse. Son mari, un brave homme assez convenable, était brasseur et quelque peu porté à boire plus que de raison, aussi était-il souvent hargneux et regardant et désagréable.

La famille, sept enfants, se composait de quatre bons fils robustes et réjouis et de trois filles travailleuses, obéissantes et simples.

C'était là une vie de famille, que la brave Anna approuvait tout à fait et tous l'aimaient aussi beaucoup. Ayant les sentiments d'une femme allemande envers le commandement masculin, elle était docile avec le père hargneux et elle le prenait rarement à rebrousse-poil. Pour la mère, grosse, usée, patiente, malade, elle était une auditrice compréhensive, de bon conseil et une aide des plus précieuses. Les enfants aussi l'aimaient bien. Les garçons la taquinaient tout le temps et faisaient des tempêtes de joie lorsqu'elle leur répliquait du tac au tac. Les filles étaient toutes si sages que pour elles ses semonces prenaient seulement la forme de bons conseils que venaient adoucir de nouvelles garnitures pour leurs chapeaux, et des rubans, et quelquefois pour leurs anniversaires des riens de bijouterie.

Ce fut là qu'Anna vint chercher un réconfort après le coup douloureux porté à son amie la veuve Lehntman. Non qu'Anna eût voulu conter cette peine à Mrs Drehten. Jamais elle n'aurait pu mettre à nu la blessure qui lui venait de cette affection idéalisée. Son histoire avec Mrs Lehntman était bien trop sérieuse et trop pénible pour être jamais racontée. Mais là, dans cette grande famille, à l'existence mouvementée et en chamailles diverses, elle pourrait étouffer le malaise et la douleur de sa propre blessure.

Les Drehten habitaient à la campagne une de ces vilaines maisons de bois qu'on trouve par groupes à l'extérieur de nos grandes villes.

C'est là que le père et les fils travaillaient tous à fabriquer de la bière et que la mère et ses filles récuraient et cousaient et cuisinaient.

Le dimanche ils étaient tous très bien lavés et ils sentaient le savon de cuisine. Les fils, dans leurs habits du dimanche, flânaient par toute la maison ou dans le village, et à certains jours allaient en pique-nique avec leurs amies. Les filles, dans leurs atours bariolés et sans goût passaient à l'église la plus grande partie de la journée et puis allaient se promener avec leurs amis.

Ils se trouvaient toujours réunis pour le dîner, auquel Anna était toujours la bienvenue, ces joyeux repas du dimanche soir qu'aiment les Allemands. Anna et les garçons y échangeaient de vifs coups de bec et de grands éclats de rire joviaux ; les filles leur faisaient à manger, et elles les servaient tous, la mère aimait tous ses enfants tout le temps, et le père se mettait de la partie en plaçant de temps à autre son mot désagréable qui jetait une note discordante mais que tous avaient appris à laisser passer comme s'il n'avait rien dit.

Ce fut pour chercher le réconfort de cette maison qu'Anna s'y rendit ce dimanche après-midi, après qu'elle eut quitté Mrs Lehntman et ses façons insouciantes.

La maison des Drehten était ouverte de toutes parts. Personne n'était là sauf Mrs Drehten qui dans son rocking-chair se reposait dehors, à l'air agréable et parfumé de l'été.

Anna avait pris chaud à venir à pied de la gare.

Elle alla à la cuisine boire quelque chose de frais, puis elle ressortit et s'assit sur les marches auprès de Mrs Drehten.

La colère d'Anna avait passé. Une tristesse lui

était venue. Maintenant qu'il y avait la conversation patiente, amicale et gentiment maternelle de Mrs Drehten, cette tristesse se changeait en résignation et en calme.

Lorsque arriva le soir, les jeunes survinrent les uns après les autres. Bientôt le gai repas du dimanche soir commença.

Ce n'avait pas été tout plaisir pour notre Anna, ces mois de relations avec Mrs Drehten. Cela lui avait fait des ennuis avec la famille de son demi-frère, le gros boulanger.

Son demi-frère, le gros boulanger, était une drôle d'espèce d'homme. C'était un être immense, lourd, tout boursouflé de partout et qui ne pouvait plus beaucoup marcher avec son corps énorme et les grosses veines, gonflées, éclatées, de ses grandes jambes. Il n'essayait plus de beaucoup marcher maintenant. Il restait assis par chez lui, appuyé sur sa grande et grosse canne, à regarder travailler ses ouvriers.

Les jours fériés, et parfois le dimanche, il sortait dans sa voiture de boulanger. Il se rendait alors chez chacun de ses clients et il leur donnait à chacun une grosse miche de pain sucré aux raisins, genre gâteau. À toutes les maisons, avec force grognements et halètement, il descendait sa masse pesante de la voiture, sa bonne figure plate, bonasse, noire de poil, luisante de transpiration huileuse, de fierté de son travail et de généreuse amabilité. En montant chaque terrasse, il clopinait à l'aide de sa grosse canne, et se jetait dans la première chaise de la cuisine ou de la salle selon que l'habitude de la maison l'exigeait, et il s'y asseyait et soufflait, et puis il remettait à la maîtresse de maison ou à la cuisinière la miche allemande aux raisins que son garçon lui apportait.

Anna n'avait jamais été sa cliente. Elle avait toujours habité un autre quartier de la ville mais il ne l'oubliait jamais dans ses tournées de boulanger et c'est toujours de sa propre main qu'il lui donnait sa miche des jours de fête.

Anna aimait assez son demi-frère. Elle ne l'avait jamais connu vraiment bien, car il parlait rarement en général et moins encore aux femmes qu'à qui que ce soit, mais il lui paraissait brave, bon et gentil et jamais il ne cherchait à se mêler des affaires d'Anna. Et puis Anna aimait les miches de pain aux raisins, car l'été elle et l'autre servante pouvaient s'en contenter et ne pas acheter du pain avec l'argent du ménage tout le temps.

Mais les choses n'étaient pas aussi simples pour notre Anna avec les autres membres de la maisonnée de son demi-frère.

La famille de son demi-frère se composait de lui-même, de sa femme et de leurs deux filles.

Anna n'avait jamais aimé la femme de son frère.

La plus jeune des deux filles avait reçu le nom de sa tante Anna.

Anna n'avait jamais aimé la femme de son demi-frère.

Cette femme était très bonne pour Anna, ne se mêlant jamais de ses affaires, toujours heureuse de la voir et de lui rendre ses visites agréables, mais elle n'avait pas trouvé grâce aux yeux de notre brave Anna.

Anna n'avait pas non plus de véritable affection pour ses nièces. Elle ne les grondait jamais ni s'essayait de les guider pour leur bien. Anna ne critiquait ni n'intervenait jamais dans la marche de la maison de son demi-frère.

Mrs Federner était une femme de belle mine, et florissante, un peu dure et froide en son âme peut-être, mais essayant toujours d'être aimable, bonne et gentille. Ses filles étaient bien élevées, calmes, obéissantes, bien habillées et pourtant notre brave Anna ne les aimait pas, ni leur mère, ni aucune de leurs façons d'être.

C'est chez eux qu'Anna avait rencontré pour la première fois son amie la veuve Lehntman.

Les Federner n'avaient jamais paru trouver mauvais chez Anna son dévouement à cette amie et ses soins pour elle et ses enfants. Mrs Lehntman et Anna et ses sentiments, tout cela était en quelque sorte trop fort pour leurs attaques. Mais Mrs Federner avait un esprit et une langue qui noircissent les choses. Pas vraiment noircir jusqu'au noir, bien entendu, mais juste gratter et frotter un peu de saleté. Elle aurait pu faire en sorte que même le visage du Tout-Puissant apparût boutonneux et un peu grossier et elle faisait toujours ainsi avec ses amis, bien que nullement avec l'idée de se mêler de leurs affaires.

Il était tout à fait vrai qu'au sujet de Mrs Lehntman, Mrs Federner n'avait jamais entendu intervenir, mais l'amitié d'Anna avec les Drehten était une tout autre histoire.

Pourquoi est-ce que Mrs Drehten, pauvre, ordinaire et laborieuse femme d'un homme qui travaillait pour les autres dans une brasserie et qui buvait toujours trop, et n'était pas comme un brave Allemand économe, pourquoi est-ce que cette Mrs Drehten et ses filles laides et empruntées recevraient tout le temps des cadeaux de la sœur de son mari, alors que son mari était toujours si bon pour Anna et qu'aussi une de leurs filles s'appelait comme elle, et que ces Drehten n'étaient que des étrangers pour elle et n'arriveraient jamais à rien de bon ? Ce n'était pas bien de la part d'Anna d'agir ainsi.

Mrs Federner n'était pas assez sotte pour dire ces choses en face à la têtue et bouillante sœur de son mari, mais elle ne perdait pas une occasion de faire sentir et voir à Anna ce qu'ils pensaient tous.

Il était facile de noircir tous les Drehten, leur pauvreté, l'ivrognerie du mari, les quatre grands fils coureurs et désœuvrés, les laides filles empruntées qui faisaient de la toilette grâce à Anna et essayaient de paraître si élégantes, et la pauvre mère faible, peinante et malade, et si facile à dégrader par de fortes doses de pitié méprisante.

Anna ne pouvait pas grand-chose contre ces attaques car Mrs Federner terminait toujours en disant : « Et vous qui êtes tout le temps si bonne pour eux, Anna. Je ne sais pas comment ils feraient pour s'en tirer si vous n'étiez pas à les aider tout le temps, mais vous êtes si bonne, Anna, et vous avez un cœur si sensible, tout comme votre frère, que vous vous dépouillez de n'importe quoi pour n'importe qui vous le demande et c'est assez effronté à eux de l'accepter alors qu'ils ne vous sont pas parents. Pauvre Mrs Drehten, c'est une brave femme. La pauvre, ce doit être terriblement dur pour elle d'avoir à accepter tout le temps quelque chose des étrangers, et son mari qui dépense tout à boire. Je disais à Mrs Lehntman, Anna, hier encore, combien j'étais navrée pour Mrs Drehten plus que pour personne d'autre et comme c'était bon de votre part de leur venir en aide tout le temps. »

Tout cela signifiait une montre en or avec sa chaîne pour l'anniversaire de sa filleule, le mois suivant, et un parapluie neuf en soie pour la sœur aînée. Pauvre Anna, et elle ne les aimait pas beaucoup ces parents-là, et c'était la seule famille qu'elle avait.

Mrs Lehntman ne s'associait jamais à ces attaques. Mrs Lehntman était diffuse et insouciante dans ses façons d'être, mais elle ne travaillait jamais ainsi à ses propres fins, et elle était trop sûre d'Anna pour être jalouse de ses autres amis.

Pendant tout ce temps Anna continuait de mener son existence heureuse chez le Dr Shonjen. Elle avait tous les jours son temps pris. Elle cuisinait et économisait et cousait et récurait et grondait. Et tous les soirs elle avait son bon temps en voyant son docteur apprécier les bonnes choses qu'elle achetait si bon marché et cuisinait si bien pour les lui faire manger. Et puis il l'écoutait et riait si fort, quand elle lui racontait l'histoire de ce qui s'était passé ce jour-là.

Le docteur aussi l'appréciait toujours davantage et plusieurs fois en ces cinq années il avait de son propre mouvement augmenté ses gages.

Anna était satisfaite de ce qu'elle avait et reconnaissante de tout ce que son docteur faisait pour elle.

Ainsi le service d'Anna et sa vie de générosité continuèrent avec ses plaisirs et ses peines variés.

L'adoption du petit garçon ne mit pas fin à l'amitié d'Anna pour la veuve Lehntman. Ni la brave Anna ni l'insouciante Mrs Lehntman n'auraient voulu renoncer l'une à l'autre si ce n'est pour le plus sérieux des motifs.

Mrs Lehntman fut la seule aventure que

connut jamais Anna. Un certain éclat magnétique de sa personne et de ses manières faisait de Mrs Lehntman une femme que les autres femmes aimaient. Puis aussi elle était généreuse et bonne et honnête, bien qu'elle fût toujours insouciante dans ses façons d'être. Et puis elle avait confiance dans Anna et elle l'aimait mieux qu'aucune de ses autres amies, et de cela Anna eut toujours très fort le sentiment.

Non, Anna ne pouvait pas renoncer à Mrs Lehntman et bientôt elle fut plus occupée que jamais à obtenir que Julie fasse les choses convenablement pour le petit Johnny.

Et maintenant de nouvelles combinaisons travaillaient ferme la tête de Mrs Lehntman, et il fallait qu'Anna écoute ses plans et l'aide à les faire aboutir.

Ce que Mrs Lehntman avait toujours préféré dans son métier, c'était d'accoucher des jeunes femmes qui avaient des ennuis. Elle les gardait chez elle jusqu'à ce qu'elles soient en mesure de retourner à la maison ou à leur travail et de la rembourser petit à petit pour ses soins.

Anna avait toujours aidé son amie à faire cela, car comme toutes les braves femmes qu'il y a parmi les pauvres convenables, cela lui faisait de la peine qu'on n'aidât pas les jeunes femmes, non pas les jeunes femmes qui étaient vraiment mauvaises, bien sûr, celles-là elle les condamnait et les haïssait dans son cœur et avec sa langue, mais les filles honnêtes, convenables, bonnes, fortes, travailleuses, qui faisaient des bêtises et avaient des ennuis.

Pour celles de cette sorte, Anna aimait toujours à donner son argent et ses forces.

Or, Mrs Lehntman pensait que cela rapporterait de prendre une grande maison pour y recevoir des jeunes femmes et faire tout en grand.

Ce projet ne plaisait pas à Anna.

Anna n'était jamais audacieuse dans sa conduite. Épargne et tu auras l'argent que tu as épargné, c'était là tout ce qu'elle savait.

Non que la brave Anna agît ainsi. Elle épargnait et épargnait toujours et puis ici et là, à cette amie-ci et à celle-là, à l'une dans l'ennui et à l'autre dans la joie, pour les maladies, les morts et les mariages, ou pour rendre heureux des jeunes, il s'en allait toujours, l'argent péniblement gagné qu'elle avait économisé.

Anna ne pouvait pas bien apercevoir comment Mrs Lehntman pourrait faire qu'une grande maison rapporte. Dans la petite maison où elle recevait ces jeunes femmes, cela ne rapportait pas, et dans une grande maison il y aurait tellement plus à dépenser.

Pareille chose Anna avait du mal à bien l'apercevoir. Un jour elle arriva chez Mrs Lehntman. « Anna, dit Mrs Lehntman, vous savez, cette grande belle maison là au coin que nous avons vue à louer, je viens de la louer hier pour un an. J'ai donné un petit acompte, vous comprenez, de façon à être bien sûre de l'avoir sans faute et maintenant vous l'installerez exactement comme vous voudrez. Je vous laisserai faire exactement ce qu'il vous plaira. »

Anna savait qu'il était maintenant trop tard. Cependant : « Mais, Mrs Lehntman, vous aviez dit que vous ne prendriez pas de nouvelle maison, vous le disiez la semaine dernière encore. Oh, Mrs Lehntman, je ne croyais pas que vous auriez agi ainsi ! »

Anna savait si bien qu'il était trop tard.

— Je sais, Anna, mais c'était une maison si bien, juste ce qu'il me fallait, vous comprenez, et il y avait là quelqu'un d'autre qui visitait, et vous savez, vous aviez dit qu'elle ferait très bien l'affaire et si je ne l'avais pas louée les autres disaient qu'ils la loueraient, et je voulais vous demander, seulement je n'avais pas le temps, et réellement, Anna, je n'ai pas besoin d'être beaucoup aidée, ça marchera si bien, je le sais. J'ai simplement besoin d'un peu pour commencer et pour l'installation et c'est tout ce dont j'ai besoin, Anna, et je sais que tout marchera formidablement bien. Attendez un peu, Anna, et vous verrez, et je vous laisserai l'installer exactement comme vous voudrez, et vous l'arrangerez si bien, vous avez tellement le sens de ces choses-là. Ce sera si bien, là. Vous verrez si j'ai pas raison dans ce que je dis.

Bien entendu Anna donna l'argent qu'il fallait quoiqu'elle ne pût croire que ça pût marcher. Non, ça ne marcherait pas du tout. Mrs Lehntman ne pourrait jamais faire que ça rapporte et ça coûterait tant à entretenir. Mais que pouvait faire notre pauvre Anna ? Souvenez-vous que Mrs Lehntman était la seule aventure que connût jamais Anna.

L'influence d'Anna sur ce qui se passait chez Mrs Lehntman n'était plus aussi forte qu'elle avait été avant l'arrivée du petit Johnny, le fils de Lily. Cette histoire avait été une défaite pour Anna. Il n'y avait pas eu de lutte au finish, mais c'est très certainement Mrs Lehntman qui avait gagné.

Mrs Lehntman avait besoin d'Anna tout autant qu'Anna avait besoin de Mrs Lehntman, mais Mrs Lehntman était plus prête à risquer de perdre Anna, et c'est ainsi que l'influence de la brave Anna avait un pouvoir de plus en plus faible.

En amitié, le pouvoir suit toujours une courbe descendante. La force de votre autorité va toujours croissant jusqu'à ce que vienne un moment où la victoire n'est plus certaine, votre pouvoir cesse peu à peu d'être fort. Ce n'est que dans des liens étroits tels que le mariage, que l'influence peut augmenter et devenir toujours plus forte avec les années et ne jamais subir de déclin. Il ne peut en être ainsi que lorsqu'il n'y a pas moyen d'échapper.

L'amitié avance à la faveur. Il y a toujours danger de rupture ou d'un pouvoir plus fort intervenant entre les deux. L'influence ne peut être avance continue que si à coup sûr on ne peut rompre.

Anna voulait beaucoup Mrs Lehntman et Mrs Lehntman avait besoin d'Anna, mais il y avait toujours moyen de faire autrement et du moment qu'Anna avait cédé une fois, elle pourrait recommencer, alors qu'avait vraiment à craindre Mrs Lehntman ?

Non, tant que la brave Anna n'en était pas venue à une lutte ouverte, elle avait été la plus forte. Maintenant c'était Mrs Lehntman qui pouvait toujours tenir le plus longtemps. Elle savait aussi qu'Anna avait un cœur sensible. Anna ne pourrait jamais cesser de faire tout ce qu'elle pourrait pour quelqu'un qui avait vraiment besoin d'aide. La pauvre Anna n'avait pas le pouvoir de dire non.

Et puis aussi Mrs Lehntman était la seule aventure que connût jamais Anna.

Une aventure est l'idéal dans une vie et quand on l'a perdue, la vie est très solitaire.

Donc la brave Anna donna toutes ses économies pour cette maison, bien qu'elle sût que son amie n'avait pas raison d'agir ainsi.

Pendant un certain temps elles furent très occupées à installer la maison. Toutes les économies d'Anna furent employées à installer cette maison, car une fois qu'Anna eut commencé à l'arranger, il lui fut impossible de l'abandonner tant qu'elle ne fut pas aussi bien qu'elle pouvait l'être pour sa destination.

C'était en quelque sorte Anna maintenant qui prenait vraiment intérêt à la maison. Mrs Lehntman, maintenant que la chose était faite, semblait tout à fait sans entrain, sans intérêt pour la maison, d'esprit inquiet et de manières agitées, et d'attention encore plus diffuse qu'avant. Elle était bonne et aimable avec tous les gens qui étaient chez elle, et elle les laissait faire tout ce que bon leur semblait.

Anna ne manqua pas de s'apercevoir que Mrs Lehntman avait en tête quelque chose de tout nouveau. Qu'était-ce qui troublait ainsi Mrs Lehntman ? Elle ne cessait de dire que c'était des idées qu'Anna se faisait. Elle n'avait pas d'ennuis du tout. Tout le monde était si bon et tout était si agréable dans la nouvelle maison. Mais sûrement il y avait là quelque chose qui n'allait pas du tout.

Anna en entendit beaucoup sur tout cela par la femme de son demi-frère, Mrs Federner à la terrible langue.

À travers les nuages de poussière et le travail et l'installation de la nouvelle maison, et à travers l'esprit troublé de Mrs Lehntman, et par les obscures allusions de Mrs Federner, se profila aux yeux d'Anna un homme, un nouveau docteur que connaissait Mrs Lehntman.

Anna n'avait jamais rencontré cet homme, mais maintenant elle en entendait parler très souvent. Non pas par son amie, la veuve Lehntman. Anna savait que Mrs Lehntman en faisait un mystère qu'Anna n'avait pas la force à ce moment-là de percer résolument.

Mrs Federner faisait toujours d'obscures allusions et de désagréables sous-entendus. Même la bonne Mrs Drehten en parlait.

Mrs Lehntman ne parlait jamais du nouveau docteur que lorsqu'elle ne pouvait faire autrement. C'était tout à fait mystérieux, désagréable et très pénible à endurer pour notre brave Anna.

Les ennuis d'Anna survinrent tous à la fois.

Ici, chez Mrs Lehntman, voici que surgissait lugubre et menaçant un mystérieux, peut-être malfaisant personnage. Chez le Dr Shonjen, commençaient à se manifester des signes d'intérêt pour une femme.

De cela aussi, Mrs Federner parlait souvent à la pauvre Anna. Le docteur se marierait sûrement bientôt, il aimait tant maintenant aller chez Mr Weingartner où il y avait une fille qui était amoureuse du docteur, tout le monde le savait.

À cette époque, le living-room chez son demi-frère était la chambre de torture d'Anna. Et qui pis est il y avait tant de raisons aux paroles de sa demi-sœur. Le docteur certainement paraissait vouloir se marier et Mrs Lehntman se conduisait vraiment bizarrement.

Pauvre Anna. Sombres furent ces jours et elle eut beaucoup à souffrir.

C'est l'affaire du docteur qui éclata la première. C'était vrai que le docteur était fiancé et qu'il allait se marier bientôt. Il le dit lui-même à Anna.

Qu'est-ce que la brave Anna devait faire maintenant ? Le Dr Shonjen désirait naturellement qu'elle restât. Anna était si triste de tous ces ennuis. Elle savait que là chez le docteur ça irait mal quand il serait marié, mais elle n'avait pas la force maintenant d'être ferme et de s'en aller. Elle lui dit finalement qu'elle essaierait de rester.

Le docteur se maria très peu après. Anna fit toute la maison belle et propre et elle espérait vraiment qu'elle pourrait rester. Mais cela ne dura pas longtemps.

Mrs Shonjen était une femme orgueilleuse et désagréable. Elle voulait service et attention continuels et jamais ne disait seulement merci à un domestique. Bientôt tout l'ancien personnel du docteur s'en alla. Anna alla voir le docteur pour lui expliquer. Elle lui dit tout ce que les domestiques pensaient de sa jeune femme. Anna lui dit un triste adieu et s'en alla.

Anna fut alors très incertaine de ce qu'elle allait faire. Elle pouvait aller à Curden chez Miss Mary Wadsmith qui lui écrivait toujours combien elle avait besoin d'Anna, mais Anna redoutait toujours les interventions de Miss Jane. Et puis aussi elle ne pouvait pas encore quitter Bridgepoint et Mrs Lehntman, tout désagréable que maintenant ce fût toujours chez elle.

Par un des amis du docteur, Anna entendit parler de Miss Mathilde. Anna était très hésitante à travailler pour une Miss Mathilde. Elle ne croyait pas que ce serait une bonne chose que de travailler de nouveau pour une femme. Elle avait trouvé ça très bien avec Miss Mary mais elle ne croyait pas que beaucoup de femmes seraient de même.

La plupart des femmes avaient une façon de se mêler de tout.

Anna entendit dire que Miss Mathilde était une grande, grosse femme, pas aussi grosse peut-être que Miss Mary, pourtant elle était grosse, et la brave Anna les aimait mieux ainsi. Elle ne les aimait pas maigres et petites, et affairées et toujours surgissant et toujours furetant.

Anna ne pouvait prendre parti sur ce qu'elle avait maintenant de mieux à faire. Elle savait coudre et on pouvait en vivre, mais ce genre de travail ne lui plaisait pas beaucoup.

Mrs Lehntman insistait pour cette place chez Miss Mathilde. Elle était sûre que c'était ce qu'Anna aimerait mieux. La brave Anna ne savait pas.

— Eh bien, Anna, dit Mrs Lehntman, je vais vous dire ce que nous allons faire. J'irai avec vous chez cette femme qui dit la bonne aventure, peut-être qu'elle nous dira quelque chose qui nous indiquera ce que vous avez maintenant de mieux à faire.

C'était très mal d'aller chez une femme qui dit la bonne aventure. Anna était une très solide catholique de l'Allemagne du Sud et les prêtres allemands dans les églises lui avaient toujours dit que c'était très mal de faire ces choses-là. Mais que pouvait faire d'autre la bonne Anna ? Elle avait l'esprit si embrouillé et tracassé, et elle était si ennuyée de cette existence qui allait tout de travers, bien qu'elle s'efforçât si fort de faire de son mieux. « Très bien, Mrs Lehntman, dit enfin Anna, je crois que je vais y aller maintenant avec vous. »

Cette femme qui disait la bonne aventure était médium. Elle habitait une maison dans la partie basse de la ville. Mrs Lehntman et la brave Anna allèrent chez elle.

C'est le médium lui-même qui leur ouvrit la porte. C'était une femme mal faite, poussiéreuse, mal fagotée, avec des manières persuasives, un air pénétré et perspicace et des cheveux très gras. La femme les fit entrer.

La porte de la rue s'ouvrait directement dans le salon, comme c'est l'habitude dans les petites maisons du Sud. Par terre dans le salon, il y avait un épais tapis à fleurs. La pièce était remplie d'ornements sales, tous faits à la main. Certains étaient accrochés au mur, certains sur les sièges ou le dossier des chaises et certains sur des tables et sur ces étagères qu'aiment les pauvres. Et partout il y avait de ces objets qui se cassent. Beaucoup de ces petits objets étaient cassés et la pièce sentait le renfermé et n'était pas propre.

Aucun médium n'utilise son salon pour son

travail. C'est toujours dans la pièce où il mange qu'il a ses transes.

La salle à manger dans toutes ces sortes de maisons est la pièce où l'on se tient en hiver. Il y a au centre une table ronde recouverte d'un tapis de laine à dessins, qui a absorbé la graisse de nombreux repas, car bien qu'on doive toujours le retirer, il est plus facile de mettre la nappe par-dessus que de le remplacer par le molleton qu'on possède.

Les chaises rembourrées sont foncées et usées et sales. Le tapis est encrassé par les aliments tombés de la table, la boue détachée des souliers et la poussière qui tombe avec le temps. Aux murs, le papier peint, d'un verdâtre foncé, est enfumé d'un affreux gris sale, et partout règne l'odeur de la soupe faite d'oignons et de rogatons graisseux.

Le médium mena Mrs Lehntman et notre Anna dans cette salle à manger, après s'être informé de ce qu'elles désiraient. Tous trois s'assirent autour de la table et puis le médium entra en transe.

Le médium ferma d'abord les yeux et puis ils s'ouvrirent tout grands et morts. Il prit un certain nombre de respirations profondes et avala avec force. Il agita à plusieurs reprises la main pour repousser, puis il se mit à parler d'un ton monotone, lent, égal.

— Je vois — je vois — ne vous pressez pas ainsi contre moi, — je vois — je vois — trop de formes — ne vous pressez pas ainsi contre moi, — je vois — je vois — vous pensez à quelque chose — vous ne savez pas si vous allez maintenant le faire. Je vois — je vois — ne vous pressez pas ainsi contre moi — je vois — je vois — vous n'êtes pas fixée, — je vois — je vois — une maison entourée d'arbres, — il fait noir — c'est le soir — je vois — je vois — vous entrez dans la maison — je vois — je vous vois en sortir — tout ira bien — allez le faire — faites ce dont vous n'êtes pas certaine — cela marchera très bien — c'est le mieux et vous devriez le faire maintenant.

Elle s'arrêta, fit de profondes déglutitions, ses yeux chavirèrent dans sa tête ; elle avala avec force et puis elle redevint terne et douce-reuse comme auparavant.

— Avez-vous obtenu ce que vous désiriez que l'esprit vous dise ? demanda la femme. Mrs Lehntman répondit que oui, que c'était exactement ce que son amie avait si fort désiré savoir. Anna se sentait mal à l'aise dans cette maison par superstition, par crainte de son prêtre, et par dégoût de toute cette saleté et de toute cette graisse, mais elle était des plus satisfaites, car maintenant elle savait ce qu'elle avait de mieux à faire.

Anna paya la femme de sa peine et puis elles s'en allèrent.

— Alors, Anna, est-ce que j'vous avais pas dit ce qu'il en serait. Vous voyez l'esprit aussi le dit. Il faut que vous preniez cette place chez Miss Mathilde, c'est ce que je vous avais dit qui serait pour vous la meilleure chose à faire. Nous allons aller la voir ce soir là où elle habite. N'êtes-vous pas heureuse, Anna, que je vous aie emmenée dans cet endroit, en sorte que vous savez maintenant ce que vous allez faire ?

Mrs Lehntman et Anna allèrent, ce soir-là, voir Miss Mathilde. Miss Mathilde habitait chez une amie qui vivait dans une maison qui était bien entourée d'arbres. Miss Mathilde n'était pas là elle-même pour parler avec Anna.

Si ce n'avait pas été que c'était le soir, et qu'il faisait si noir, et que cette maison avait des arbres tout autour, et qu'Anna se fût trouvée y entrer et en sortir exactement comme la femme avait dit ce même jour qu'elle ferait, si tout n'avait pas été exactement comme le médium avait dit, la brave Anna n'aurait jamais accepté cette place chez Miss Mathilde.

Anna ne vit pas Miss Mathilde et l'amie qui agit à sa place ne lui plut pas. Cette amie était une petite mère brune, douce, aimable, très facile à contenter dans son propre service et très bonne pour les domestiques, mais elle avait le sentiment qu'agissant à la place de sa jeune amie, l'insouciante Miss Mathilde, il lui fallait prendre bien soin d'examiner tout ça de près et de veiller à ce que ça aille bien et qu'Anna fasse sûrement de son mieux. Elle posa à Anna des tas de questions sur ses habitudes et sur ses intentions, et combien elle dépenserait et combien de fois elle sortait et si elle savait laver et cuisiner et coudre.

La brave Anna serrait les dents pour encaisser et ne répondit presque rien. Mrs Lehntman fit en sorte que tout se passât assez bien.

La brave Anna était tout excitée par son ressentiment, et l'amie de Miss Mathilde ne pensa pas qu'elle ferait l'affaire.

Cependant Miss Mathilde voulait bien commencer et quant à Anna elle savait que le médium avait dit qu'il devait en être ainsi. Mrs Lehntman aussi en était sûre et elle dit qu'elle savait que c'était maintenant pour Anna la meilleure chose à faire. Aussi Anna fit-elle finalement savoir à Miss Mathilde que, si elle voulait d'elle, elle essaierait de voir si ça marcherait.

C'est ainsi qu'Anna commença une nouvelle existence à s'occuper de Miss Mathilde.

Anna installa la petite maison de brique rouge où allait habiter Miss Mathilde et elle en fit quelque chose de très agréable, propre et coquet. Elle amena son chien Bébé et son perroquet. Elle engagea Lizzie comme seconde domestique pour l'aider et bientôt tous furent satisfaits. Tous, à l'exception du perroquet, parce que Miss Mathilde n'aimait pas ses cris. Bébé c'était parfait mais pas le perroquet. Mais comme il se trouvait qu'Anna n'avait jamais vraiment aimé le perroquet, elle le donna à garder aux filles Drehten.

Avant qu'Anna puisse se sentir vraiment bien chez Miss Mathilde, il lui fallait dire à son bon prêtre allemand ce que c'était qu'elle avait fait, et combien elle avait péché et qu'elle ne le ferait plus.

Anna croyait vraiment de toutes ses forces.

Ce fut son lot de ne jamais habiter avec des gens qui eussent la moindre foi, mais cela ne préoccupait jamais Anna. Elle priait toujours pour eux ainsi qu'elle le devait, et elle était tout à fait sûre qu'ils étaient bons. Le docteur aimait à la taquiner avec ses doutes et Miss Mathilde aimait aussi faire de même, mais, avec l'esprit tolérant de son église, Anna ne pensa jamais que ce fût mal à eux d'agir ainsi.

Anna trouvait très difficile de toujours savoir exactement comment il se faisait que les choses tournaient mal. Quelquefois ses lunettes cassaient et alors elle savait qu'elle n'était pas en règle avec l'église, exactement comme elle aurait dû.

Quelquefois elle était tellement à son travail qu'elle n'allait pas à la messe. Alors il arrivait toujours quelque chose. L'humeur d'Anna devenait irritable et ses manières incertaines et dérangées. Tout le monde en souffrait et puis elle cassait ses lunettes. C'était toujours très ennuyeux parce que cela coûtait si cher à réparer. Cependant dans un sens ça mettait toujours fin aux ennuis d'Anna, parce qu'elle savait alors que tout ça arrivait parce qu'elle avait mal fait. Tant qu'elle pouvait gronder ça pouvait concerner seulement les méfaits de tout ce monde insouciant et négligent, mais quand ses lunettes cassaient tout devenait clair. Ça signifiait que c'était elle-même qui avait mal fait.

Non, ça ne servait à rien de ne pas faire comme elle aurait dû, car alors les choses tournaient toujours mal et finalement coûtaient de l'argent à réparer, et c'était la chose la plus pénible à supporter pour la brave Anna.

Anna faisait presque toujours son devoir. Elle se confessait et suivait les retraites chaque fois qu'il convenait. Naturellement elle ne disait pas au prêtre quand elle trompait les gens pour leur bien, ou quand elle se faisait céder par eux quelque chose pour un peu moins.

Quand Anna racontait de telles histoires à son docteur et plus tard à sa chère Miss Mathilde, ses yeux étaient toujours pleins de malice et de gaîté tandis qu'elle expliquait qu'elle avait dit cela comme ça, et alors elle n'aurait pas à le raconter au prêtre car elle n'avait pas réellement fait un péché. Mais aller chez une diseuse de bonne aventure Anna savait que c'était vraiment mal. Cela, il fallait le raconter au prêtre exactement comme c'était et la pénitence ensuite il fallait la faire.

Anna fit ainsi et à présent sa nouvelle existence était bien commencée, à faire faire à Miss Mathilde et aux autres exactement ce qu'ils devaient.

Oui, s'occuper de Miss Mathilde fut le plus heureux temps de toute la rude vie laborieuse de la brave Anna.

Chez Miss Mathilde Anna faisait tout. Les vêtements, la maison, les chapeaux, ce qu'elle devait porter et à quel moment et ce qu'il y avait toujours pour elle de mieux à faire. Il n'était rien que Miss Mathilde ne laissât Anna gouverner, et trop heureuse seulement qu'elle le fît.

Anna grondait et cuisinait et cousait et économisait si bien, que Miss Mathilde avait tant à dépenser, et que cela faisait gronder Anna encore plus obstinément tout le temps sur ce qu'elle achetait et qui donnait tant d'ouvrage à Anna et à l'autre servante. Mais malgré toutes les gronderies, Anna était fière presque à en éclater, de sa chère Miss Mathilde avec toute sa science et ses grands biens, et la brave Anna parlait toujours de tout ça à tous ceux qu'elle connaissait.

Oui, ce fut là pour Anna le plus heureux

temps de toute sa vie, même si avec ses amis il y eut de grands chagrins. Mais ces chagrins ne peinaient pas maintenant la brave Anna comme ils avaient fait, les années précédentes.

Miss Mathilde ne fut pas une aventure dans la vie de la brave Anna, mais Anna lui accorda une si solide affection que sa vie en fut presque aussi pleinement remplie.

C'était très bien pour la brave Anna que sa vie chez Miss Mathilde fût si heureuse, car voici qu'à cette même époque Mrs Lehntman tourna tout à fait mal. Le docteur qu'elle avait appris à connaître n'était que trop sûrement un homme aussi méchant que mystérieux, et il tenait en son pouvoir la sage-femme, la veuve, Mrs Lehntman.

Anna ne voyait plus du tout Mrs Lehntman désormais. Mrs Lehntman lui avait encore emprunté de l'argent et elle avait alors remis à Anna un billet pour le tout et après cela Anna ne la revit plus jamais. Anna à ce moment cessa complètement d'aller chez Mrs Lehntman. Julie, la grande fille empotée, bonne, blonde et stupide, vint souvent voir Anna, mais elle ne pouvait lui donner beaucoup de nouvelles de sa mère.

Sûrement ça avait bien l'air que Mrs Lehntman avait maintenant tout à fait mal tourné. Ce fut un gros chagrin pour la brave Anna, mais pas aussi gros que ç'aurait été si Miss Mathilde n'avait pas tellement compté pour elle maintenant. Mrs Lehntman tomba de plus en plus bas. Le docteur, l'homme mystérieux et méchant, eut des ennuis pour avoir fait des choses qui n'étaient pas à faire.

Mrs Lehntman se trouva mêlée à cette affaire.

Ça tournait aussi mal que possible, mais ils trouvèrent moyen, tous les deux, le docteur et Mrs Lehntman, de s'en tirer finalement.

Tout le monde était navré pour Mrs Lehntman. Elle avait vraiment été une brave femme avant de rencontrer ce docteur, et même maintenant elle n'avait certainement rien fait de vraiment mal.

Pendant plusieurs années alors Anna ne vit même plus du tout son amie.

Mais Anna trouvait toujours de nouvelles gens à protéger, des gens qui, avec la largeur d'idées des pauvres, épuisaient ses économies et puis donnaient des promesses au lieu de paiements. Anna n'avait jamais vraiment pensé que ce serait de braves gens, mais quand ils n'agissaient pas comme ils auraient dû, et qu'ils ne lui remboursaient pas l'argent qu'elle avait prêté et que son aide ne semblait jamais leur avoir servi à rien, alors Anna devenait amère pour le monde.

Non, aucun d'eux n'avait le moindre sens de ce qu'en bonne conscience ils auraient dû faire. C'est ce qu'Anna répétait dans son désespoir.

Les pauvres sont généreux de leurs affaires. Ils donnent toujours ce qu'ils ont, mais avec eux donner ou recevoir n'entraîne nullement le sentiment qu'ils sont redevables du don au donateur.

Même une Anna, Allemande économe, était prête à donner tout ce qu'elle avait mis de côté, et ainsi à ne pas être assurée qu'elle aurait assez pour se soigner si elle tombait malade, ou pour ses vieux jours, quand elle ne pourrait plus travailler. Épargne et tu auras l'argent que tu as épargné n'était exact que pour le jour où l'on épargnait, même pour une Anna, Allemande économe. Il n'y avait pas de moyen certain de le retrouver pour ses vieux jours, car le soin qu'on prend de ce qu'on a épargné n'offre aucune garantie, car il faut toujours que ce soit dans des mains d'étrangers dans une banque ou placé chez un ami.

Et par conséquent, alors qu'à un moment ou un autre on pouvait avoir besoin de vivre et de se faire aider par d'autres pauvres travailleurs, il n'y avait pas moyen qu'une femme qui avait de petites économies leur dise non.

Donc la brave Anna donnait tout ce qu'elle avait à des amis et des étrangers, à des enfants, des chiens et des chats, à n'importe qui demandait ou semblait requérir son aide.

Ce fut de cette manière qu'Anna en vint à aider le barbier et sa femme qui habitaient au coin, et qui de façon ou d'autre ne pouvaient jamais joindre les deux bouts. Ils travaillaient dur, étaient économes, n'avaient pas de vices, mais le barbier était de ces gens qui ne peuvent jamais gagner d'argent. Quiconque lui devait de l'argent ne le payait pas. Chaque fois qu'il avait l'occasion d'un bon emploi il tombait malade et ne pouvait pas le prendre. Ce n'était jamais sa faute s'il avait des ennuis, mais il ne semblait jamais faire bien marcher les choses.

Sa femme était une petite Allemande blonde, mince, et pâle, qui avait ses enfants très difficilement, et travaillait trop tôt, et alors jusqu'à ce qu'elle tombe malade. Elle aussi avait toujours des choses qui allaient mal.

Tous deux avaient constamment besoin d'aide et de patience, et la brave Anna les leur donnait tout le temps.

Une autre femme qui avait besoin de l'aide de la brave Anna, c'était une femme qui avait des ennuis pour avoir été bonne pour les autres.

Le frère du mari de cette femme, qui était très brave homme, travaillait dans un atelier où il y avait un Tchèque, qui était atteint de phtisie. Cet homme se trouva si mal qu'il ne put faire son travail, mais il n'était pas assez malade pour pouvoir entrer à l'hôpital. Aussi cette femme le prit-elle chez elle. Ce n'était pas un homme bien, et il n'était pas reconnaissant de tout ce que cette femme faisait pour lui. Il se fâchait contre les deux enfants et salissait toujours tout chez elle. Le docteur dit qu'il lui fallait beaucoup à manger, et cette femme et le frère de son mari se le procurèrent pour lui.

Il n'y avait nulle amitié, ni affection, ni même sympathie pour l'homme dont cette femme s'occupait, ni le lien d'une communauté de pays ou de race, mais avec la largeur d'idées des pauvres cette femme lui donna tout ce qu'elle avait et fit de sa maison un taudis, et tout cela pour un homme qui n'était même pas reconnaissant du cadeau.

Puis, naturellement, cette femme elle-même eut des ennuis. Le frère de son mari s'était maintenant marié. Son mari perdit son emploi. Elle n'avait pas l'argent du loyer. Ce furent les économies de la brave Anna qui vinrent à point.

Ça continua ainsi. Parfois une petite fille, parfois une grande avaient des ennuis, et Anna en entendait parler et elle les aidait à trouver des places.

Chiens et chats égarés, Anna les gardait jusqu'à ce qu'elle leur trouvât des toits. Elle avait toujours soin de s'informer si ces gens-là seraient bons pour les animaux.

De toute la collection de bêtes égarées, ce fut le jeune Pierre et le joyeux petit Rags dont Anna n'eut pas le cœur de se séparer. Ils firent partie de la maison de la Miss Mathilde de la brave Anna.

Pierre était un animal tout à fait inutile, un mâle inintelligent, stupide, adoré et poltron. C'était impayable de le voir se précipiter dans la cour de derrière en aboyant et bondissant contre le mur, quand il y avait quelque chien de l'autre côté, mais lorsque le plus minuscule arrivait à passer la barrière et regardait seulement Pierre, celui-ci se réfugiait auprès de son Anna et s'effaçait sous ses jupes.

Lorsqu'on laissait Pierre tout seul en bas, il hurlait. « Je suis tout seul », gémissait-il et alors il fallait que la brave Anna vienne le chercher pour le faire monter. Un jour qu'Anna alla passer quelques nuits dans une maison pas très éloignée, il lui fallut porter Pierre tout le long du chemin, parce que Pierre avait peur quand il se trouvait dans la rue en dehors de chez lui. Pierre était une bête d'une bonne taille et il était assis là et il hurlait et la brave Anna le porta dans ses bras tout le long du chemin. C'était un poltron que ce Pierre, mais il avait de bons yeux doux et une belle tête de colley, et son poil était très épais et blanc et beau quand il était lavé. Et puis Pierre ne vagabondait jamais, et il regardait avec ses bons yeux, et il aimait quand on l'étrillait, et il vous oubliait quand vous vous en alliez, et il aboyait dès qu'il y avait le moindre bruit.

Il était encore tout petit quand on l'avait apporté une nuit dans la cour et c'était tout ce qu'elle savait de ses origines. La brave Anna l'aimait bien et elle le gâtait comme une bonne mère allemande fait toujours avec son fils.

Le petit Rags était d'une nature très différente. C'était un animal plein de vie, fait de pièces et de morceaux, tout ébouriffé et couleur poussière, et il sautait toujours en l'air et fonçait dans toutes les directions par-dessus et puis par-dessous le stupide Pierre et souvent en plein sur la grosse solennelle aveugle et endormie Bébé, et puis partait en course frénétique derrière quelque chat errant.

Rags était un aimable et gai petit bonhomme. La brave Anna l'aimait bien, mais jamais avec cette force dont elle chérissait son beau poltron, son stupide jouvenceau, Pierre.

Bébé était la chienne de sa vie passée et elle tenait à Anna par de vieux liens d'affection passée. Pierre était le beau garçon gâté de son âge mûr et Rags était toujours un peu un jouet, elle l'aimait mais il ne lui tenait pas profondément au cœur. Rags était entré là un jour on ne sait comment et puis comme on n'avait pas trouvé assez vite de toit pour lui, il était tout bonnement resté là.

Ils faisaient une très heureuse famille tous

ensemble là dans la cuisine, la brave Anna et Sallie et la vieille Bébé et le jeune Pierre et le joyeux petit Rags.

Le perroquet était sorti de la vie d'Anna. Elle n'avait jamais réellement aimé le perroquet et maintenant elle ne pensait plus guère à demander à le voir, même lorsqu'elle rendait visite aux Drehten.

Mrs Drehten était l'amie chez qui Anna allait toujours pour son dimanche. Elle ne recevait pas de conseils de Mrs Drehten comme autrefois de la veuve Lehntman, car Mrs Drehten était une nature douce, usée, sans combativité, qui ne se souciait jamais d'influencer ou de diriger. Mais elles pouvaient se lamenter ensemble sur le monde, ces deux Allemandes usées et laborieuses, sur sa tristesse et sur ses méchancetés. Mrs Drehten savait si bien ce qu'on peut souffrir.

Les choses n'allaient pas bien à ce moment-là pour les Drehten. Les enfants donnaient toute satisfaction, mais le père avec son humeur et ses dépenses empêchait tout d'aller comme il aurait fallu.

La pauvre Mrs Drehten avait toujours des ennuis avec sa tumeur. Maintenant elle ne pouvait presque plus travailler. Mrs Drehten était une grosse Allemande usée et patiente, avec une figure douce, ridée, couleur jaune tabac et ce regard qui vous vient d'un mari allemand à qui obéir, et de solides filles et garçons à procréer et élever, et d'être toujours sur ses jambes et de n'avoir jamais pu vous faire guérir aucun malaise.

Mrs Drehten allait toujours plus mal, et maintenant le docteur pensait qu'il vaudrait mieux enlever la tumeur.

Ce n'était plus le Dr Shonjen qui soignait Mrs Drehten. Ils allaient tous maintenant chez un bon vieux docteur allemand qu'ils connaissaient tous.

— Voyez-vous, Miss Mathilde, dit Anna, tous ses anciens malades allemands ne vont plus maintenant chez le Dr Shonjen. Je suis restée chez lui aussi longtemps que j'ai pu le supporter, mais maintenant il a déménagé dans le haut de la ville, trop loin pour les pauvres gens, avec sa femme qui relève tant la tête et qui dépense toujours tant d'argent simplement pour paraître, et ainsi il ne peut plus bien nous soigner nous autres pauvres gens. Le pauvre homme, il faut toujours qu'il pense à gagner de l'argent maintenant. Je suis tout à fait désolée pour le docteur, Miss Mathilde, mais il a honteusement négligé Mrs Drehten quand elle a eu ses ennuis, aussi maintenant je ne le vois plus jamais. Le docteur Herman est un bon docteur allemand ordinaire et il n'agirait jamais ainsi et, Miss Mathilde, Mrs Drehten viendra ici demain pour vous voir avant d'aller à l'hôpital pour son opération. Elle ne pourrait pas y aller à son aise tant qu'elle ne vous aura pas vue d'abord pour savoir ce que vous direz.

Toutes les amies d'Anna respectaient la chère Miss Mathilde de la brave Anna. Comment auraient-elles pu ne pas le faire et rester encore amies avec la brave Anna ? Miss Mathilde les voyait rarement en fait mais elles lui envoyaient toujours des fleurs et des paroles d'admiration par l'intermédiaire de son Anna. De temps à autre Anna en amenait une à Miss Mathilde pour un conseil.

C'est extraordinaire comme les pauvres gens aiment à prendre conseil des gens qui sont gentils et au-dessus d'eux, des gens qui lisent dans les livres et qui sont bons.

Miss Mathilde vit Mrs Drehten et lui dit qu'elle était heureuse qu'elle aille à l'hôpital pour se faire opérer car ce serait sûrement le mieux, et ainsi l'esprit de la brave Mrs Drehten fut tranquillisé.

La tumeur de Mrs Drehten s'enleva très bien. Par la suite Mrs Drehten ne fut jamais réellement en bonne santé, mais elle put faire son ouvrage un peu mieux, et rester sur ses jambes et pourtant n'être pas si fatiguée.

Et ainsi Anna continua son existence à s'occuper de Miss Mathilde et de tous ses vêtements et de toutes ses affaires, et à être bonne envers tous ceux qui demandaient son aide ou semblaient en avoir besoin.

Puis, peu à peu, Anna commença à se raccommoder avec Mrs Lehntman. Elles ne pourraient plus jamais être comme elles avaient été auparavant. Mrs Lehntman ne pouvait plus jamais redevenir une aventure dans la vie de la brave Anna, mais elles pouvaient redevenir amies, et Anna pouvait aider tous les Lehntman dans leur détresse. Cela se fit peu à peu.

Mrs Lehntman avait maintenant quitté cet homme méchant et mystérieux qui avait été la cause de toutes ses difficultés. Elle avait abandonné aussi la grande maison neuve qu'elle avait louée. Depuis ses ennuis, ses affaires avaient été très calmes. Cependant elle réussissait à s'en tirer assez bien. Elle commença à parler de rembourser la brave Anna. Cela, cependant, n'était pas allé très loin.

Anna voyait maintenant beaucoup Mrs Lehntman. Les cheveux drus, noirs, bouclés de Mrs Lehntman avaient des mèches grises. Son joli visage brun et plein avait perdu son ferme contour, il était devenu flasque et un peu usé. Elle avait épaissi et ses vêtements n'étaient pas très soignés. Elle avait des manières aussi affables que jamais et l'attention diffuse comme toujours, mais à travers tout cela il y avait du malaise et de la peur et une incertitude comme de quelque danger peut-être proche.

Jamais elle ne dit mot de sa vie passée à la brave Anna, mais il était très facile de voir que son épreuve ne l'avait pas laissée sans souci, ni non plus tout à fait libre.

Ç'avait été dur pour cette brave femme, car Mrs Lehntman était réellement une brave femme, ç'avait été une chose très dure pour cette femme allemande de faire ce que tout le monde savait et estimait être le mal. Mrs Lehntman était forte et elle avait du courage, mais cela avait été très dur à supporter. Même la brave Anna non plus ne lui parlait pas en toute liberté. il restait toujours un mystère et une crise dans l'affaire de Mrs Lehntman.

Et maintenant sa blonde, empotée, sotte fille, Julie, avait des ennuis. Durant ces années où sa mère ne fit pas attention à elle, Julie fréquentait un jeune garçon qui était employé dans un magasin quelque part en ville. C'était un convenable et insignifiant jeune homme qui ne gagnait pas beaucoup d'argent et ne pouvait jamais en économiser parce qu'il avait une vieille mère à sa charge. Julie et lui se fréquentaient depuis plusieurs années et maintenant il était nécessaire qu'ils se marient. Mais comment auraient-ils pu se marier ? Il ne gagnait pas suffisamment pour démarrer et continuer à soutenir sa vieille mère. Julie n'avait pas l'habitude de travailler beaucoup, et elle dit, et elle était entêtée, qu'elle ne voulait pas habiter avec la sale, hargneuse vieille mère de Charley. Mrs Lehntman n'avait pas d'argent. Elle commençait juste à retomber sur ses pieds. Ce fut, bien entendu, les économies d'Anna qui vinrent à point.

Pourtant ce fut payant pour Anna d'avoir amené ce mariage, payant en occasions de gronder et gouverner cette insipide, maladroite perche de Julie et son brave, patient et stupide Charley. Anna aimait à acheter les choses bon marché, et à installer une nouvelle maison.

Julie et Charley se marièrent bientôt et les choses marchèrent assez bien pour eux. Anna n'approuvait pas leurs molles et dispendieuses façons de faire.

— Non, Miss Mathilde, disait-elle, les jeunes à présent n'ont pas l'idée d'économiser et de mettre de l'argent de côté de manière à avoir quelque chose sous la main quand ils en ont besoin. Regardez Julie et son Charley. J'y suis allée l'autre jour, Miss Mathilde, ils avaient une table neuve avec un dessus en marbre et dessus il y avait un grand album neuf en peluche. « Où vous avez eu cet album ? que j'ai demandé à Julie. — Oh, c'est Charley qui me l'a donné pour mon anniversaire », qu'elle a dit, et je lui ai demandé s'il était payé et elle a dit pas encore complètement mais qu'il le serait bientôt. Eh bien ! je vous demande un peu s'ils devraient se permettre, Miss Mathilde, alors qu'ils n'ont encore rien payé de tout ce qu'ils ont déjà, s'ils devraient se permettre d'aller acheter de nouvelles choses pour ces anniversaires. Julie, elle, elle ne travaille point, elle se contente de rester assise et de réfléchir à la manière dont elle pourra dépenser l'argent, et Charley lui, il ne met jamais un *cent* de côté. Je n'ai jamais vu personne comme les jeunes à présent, Miss Mathilde, ils ne semblent pas avoir la moindre idée de faire attention à l'argent. Julie et Charley s'ils ont des enfants, ils n'auront rien pour les élever comme il faut. C'est ce que j'ai dit à Julie, Miss Mathilde, quand elle m'a montré ces choses ridicules que Charley lui a achetées et elle m'a dit avec sa façon stupide de ricaner qu'ils n'auraient peut-être pas d'enfants. Je lui ai dit qu'elle devrait avoir honte de parler ainsi, mais j'sais pas, Miss Mathilde, les jeunes à présent n'ont aucune idée de la façon de se conduire, et peut-être qu'il vaut mieux qu'ils n'aient pas d'enfants, et puis, Miss Mathilde, vous savez, il y a Mrs Lehntman. Vous savez qu'elle a bel et bien adopté le petit Johnny rien que pour avoir encore plus d'argent à débourser comme si elle n'avait pas déjà assez de difficultés à s'occuper de ses propres enfants. Non, Miss Mathilde, je ne comprends pas du tout comment les gens peuvent agir ainsi. Les gens ne semblent avoir aucune idée de ce qui se fait ou ne se fait pas ou de quoi que ce soit au jour d'aujourd'hui, Miss Mathilde, ils sont complètement insouciants et toujours à penser à eux et à la façon dont ils peuvent toujours prendre du bon temps. Non, Miss Mathilde, j'comprends pas comment les gens peuvent continuer d'agir ainsi. »

La brave Anna ne pouvait pas comprendre les manières insouciantes et mauvaises de tout le monde et elle se scandalisait toujours plus de tout ça. Non, pas un seul d'entre eux n'avait la moindre idée de ce qu'il était de son devoir de faire.

La vie passée d'Anna tirait maintenant à sa fin. Sa vieille chienne aveugle, Bébé, était malade et en passe de mourir. Bébé avait été le premier cadeau de son amie la veuve Lehntman au temps jadis lorsque Anna était chez Miss Mary Wadsmith, et que les deux femmes avaient commencé à se fréquenter.

Tout au long des années et des changements, Bébé était restée avec la brave Anna, devenant vieille et grosse et aveugle et paresseuse. Bébé avait été active et bonne ratière quand elle était jeune, mais c'était si loin que c'était oublié, et depuis plusieurs années Bébé ne désirait que son panier bien chaud et sa soupe.

Anna au cours de sa vie active avait pu avoir besoin d'autres animaux, de Pierre et de l'amusant petit Rags, mais Bébé restait toujours l'aînée et Anna lui était attachée par les liens d'une vieille affection. Anna était terrible quand les jeunes essayaient de mettre la pauvre Bébé dehors et de se servir de son panier. Bébé était maintenant aveugle depuis quelques années ainsi qu'il arrive aux chiens lorsqu'ils ne sont plus actifs. Elle devenait faible et obèse et poussive et elle ne pouvait même plus rester debout longtemps. Anna devait toujours veiller à ce qu'elle ait sa soupe et à ce que les autres, jeunes et actifs, ne l'en dépossèdent pas.

Bébé ne mourut pas de véritable maladie. Elle devint simplement plus vieille et plus aveugle et puis plus tranquille, et puis lentement un beau jour d'été elle mourut.

Il n'y a rien de plus lugubre que la vieillesse chez les animaux. C'est comme s'il n'était pas normal qu'ils aient des poils gris et une peau fripée, et de vieux yeux aveugles, et des dents gâtées et inutiles. Un vieil homme ou une vieille femme ont presque toujours quelque lien qui semble les rattacher à une existence plus jeune et plus normale. Ils ont des enfants ou le souvenir d'anciennes obligations, mais un chien qui est vieux et ainsi coupé de tout son monde de lutte, est comme un lugubre Struldbrug immortel*, qui traîne sinistrement la mort à travers la vie.

Et c'est ainsi qu'un jour la vieille Bébé mourut. Ce fut lugubre, plutôt que triste, pour la brave Anna. Elle ne désirait pas que le pauvre vieil animal fatigué par l'âge continuât à traîner avec ses vieux yeux aveugles et la pénible toux qui le secouait, mais sa mort laissa un grand vide à Anna. Elle avait ce stupide garçon de Pierre et le gai petit Rags pour se consoler, mais Bébé avait été la seule à pouvoir se souvenir.

La brave Anna voulait une vraie tombe pour sa Bébé, mais cela n'était pas possible dans un pays chrétien, aussi Anna toute seule emporta sa vieille amie après l'avoir enveloppée décemment et alla la mettre en terre dans un endroit tranquille qu'elle connaissait.

* Nom de certains habitants du royaume de Lggnag dans les *Voyages de Gulliver* de Swift, qui, condamnés à l'immortalité mais non exempts des tares de la sénilité, recevaient à partir de quatre-vingts ans une petite pension de l'État. *(N.d.T.)*

La brave Anna ne pleura pas la pauvre vieille Bébé. Et même, non, elle n'eut pas le temps de se sentir seule, car pour la brave Anna c'était chagrin sur chagrin. Voilà maintenant qu'elle n'allait plus servir Miss Mathilde.

Quand elle était entrée chez Miss Mathilde, elle avait su que ce pouvait n'être que pour quelques années, car Miss Mathilde était femme à beaucoup se déplacer et changeait souvent de résidence et cherchait de nouveaux endroits pour aller y habiter. La brave Anna n'y prêta pas alors grande attention, car lorsqu'elle entra chez Miss Mathilde, elle ne pensait pas que cela lui plairait et elle ne s'était donc pas fait de souci pour le temps qu'elle y resterait. Puis au cours de ces années heureuses qu'elles avaient passées ensemble, Anna s'était efforcée de l'oublier. Cette dernière année, lorsqu'elle sut que c'était en train, elle essaya de toutes ses forces de croire que cela n'arriverait pas.

« Nous n'en parlerons pas pour l'instant, Miss Mathilde, peut-être que vous resterez ici. »

Non, la brave Anna ne pouvait pas en parler comme s'il s'agissait d'une réalité, c'était trop pénible d'être laissée une fois de plus avec des étrangers.

La brave Anna et sa chère Miss Mathilde essayèrent toutes deux de penser que cela n'arriverait pas réellement. Anna suivit des missions et fit toute sorte de choses de ce genre pour conserver sa Miss Mathilde et Miss Mathilde retourna la question dans tous les sens pour voir si la brave Anna ne pourrait pas partir avec elle. Mais ni les missions ni les plans n'eurent beaucoup de succès, Miss Mathilde voulait partir, et elle partait loin dans un autre pays où Anna ne pourrait pas vivre, car elle serait trop isolée.

Il n'y avait rien à faire pour ces deux femmes que de se séparer. Peut-être que nous serons tous morts à ce moment-là, répétait la brave Anna, mais même cela n'arriva pas en fait. « Si nous sommes tous vivants à ce moment-là, Miss Mathilde », se trouva plus vrai. Tout le monde vécut jusqu'à ce moment-là, tous sauf la pauvre vieille Bébé aveugle, et simplement il fallut se séparer.

Pauvre Anna et pauvre Miss Mathilde. Elles ne pouvaient pas se regarder l'une l'autre ce dernier jour. Anna ne pouvait se tenir à son travail. Elle ne faisait qu'aller et venir et parfois gronder.

Anna ne pouvait pas prendre de parti sur ce qu'elle ferait maintenant à l'avenir. Elle dit que pendant quelque temps elle garderait cette petite maison de brique rouge où elles avaient habité. Peut-être pourrait-elle simplement prendre quelques pensionnaires. Elle ne savait pas, elle écrirait par la suite et raconterait tout ça à Miss Mathilde.

Le sinistre jour redouté se traîna et puis tout fut prêt et Miss Mathilde partit prendre son train. Anna resta tendue et pâle et les yeux secs debout sur les marches de pierre blanche de la petite maison de brique rouge qu'elles avaient habitée. La dernière chose que Miss Mathilde entendit, ce fut la brave Anna ordonnant au stupide Pierre de dire au revoir et de bien se souvenir de Miss Mathilde.

## TROISIÈME PARTIE

# LA MORT
# DE LA BONNE ANNA

Tous ceux qui avaient entendu parler de Miss Mathilde voulaient maintenant prendre la brave Anna à leur service, car ils savaient tous comme Anna pouvait prendre soin des gens et de tous leurs vêtements et affaires. Anna pouvait aussi toujours aller à Curden auprès de Miss Mary Wadsmith, mais aucune de ces solutions ne paraissait très bonne à Anna.

Ce n'était plus désormais qu'elle désirât rester auprès de Mrs Lehntman. Il n'y avait maintenant personne qui eût rien d'important, mais Anna était bien certaine qu'elle ne désirait pas entrer dans une place où elle dépendrait de gens nouveaux. Personne ne pourrait jamais être pour Anna comme avait été sa chère Miss Mathilde. Personne ne pourrait jamais plus la laisser ainsi tout faire à sa guise. Il vaudrait mieux, pensait Anna dans son corps vigoureux, tendu et fatigué, il vaudrait mieux continuer simplement dans la petite maison de brique rouge qui était tout installée, et gagner sa vie en prenant des pensionnaires. Miss Mathilde lui avait tout laissé, ainsi cela ne coûterait pas d'argent pour commencer. Elle parviendrait peut-être à vivre ainsi. Elle pourrait faire tout l'ouvrage et tout faire comme elle l'entendrait, et elle était trop fatiguée des changements pour faire plus que le strict nécessaire pour continuer à vivre. Donc elle demeura dans la maison où elles avaient vécu, et elle trouva des hommes, elle ne voulait pas prendre de femmes, qui prirent ses chambres et qui furent ses pensionnaires.

Bientôt les choses commencèrent pour Anna à être moins lugubres. Elle était très aimée de ses quelques pensionnaires. Ils adoraient ses gronderies et les bonnes choses qu'elle leur faisait à manger. Ils faisaient de bonnes blagues et riaient fort et faisaient toujours tout ce qu'Anna désirait, et bientôt la brave Anna en vint à beaucoup aimer cela. Non qu'elle ne fût toujours à soupirer après Miss Mathilde. Elle espérait et attendait et était très certaine qu'un jour ou l'autre, dans un an ou deux, Miss Mathilde reviendrait, et alors elle pourrait bien s'occuper d'elle de nouveau.

Anna conservait toutes les affaires de Miss Mathilde parfaitement en ordre. Les pensionnaires étaient vertement réprimandés s'ils faisaient une éraflure à la table de Miss Mathilde.

Certains des pensionnaires étaient de bons garçons joviaux de l'Allemagne du Sud et Anna les faisait toujours aller à la messe. Un pensionnaire était un gaillard d'étudiant allemand qui faisait à Bridgepoint ses études de médecine. C'était le grand favori d'Anna et elle le grondait comme elle avait l'habitude de faire avec son docteur autrefois afin qu'il soit toujours sage. Et puis aussi ce joyeux garçon chantait toujours quand il faisait sa toilette, et c'était là ce que Miss Mathilde avait toujours l'habitude de faire. Le cœur d'Anna se réchauffa grâce à ce garçon qui paraissait lui rapporter tout ce dont elle avait besoin.

Et c'est ainsi que l'existence d'Anna à cette époque ne fut pas entièrement malheureuse. Elle travaillait et grondait ; elle avait ses gens, ses chiens et ses chats égarés et elle avait de gaillards Allemands qui adoraient ses gronderies et mangeaient en si grande quantité les bonnes choses qu'elle savait si bien faire.

Non, la vie de la brave Anna à cette époque

ne fut pas entièrement malheureuse. Elle ne voyait pas beaucoup ses anciennes amies, elle était trop occupée, mais une fois de loin en loin elle prenait un dimanche après-midi pour aller voir la bonne Mrs Drehten.

Le seul ennui c'était qu'Anna gagnait à peine sa vie. Elle demandait si peu pour la pension et elle donnait à son monde tant de bonnes choses à manger qu'elle pouvait tout juste joindre les deux bouts. Le bon prêtre allemand à qui elle racontait toujours ses ennuis essayait de lui faire demander un peu plus à ses pensionnaires, et Miss Mathilde dans ses lettres l'en pressait toujours, mais la brave Anna pour une raison ou pour une autre ne pouvait le faire. Ses pensionnaires étaient des garçons bien mais elle savait qu'ils n'avaient pas beaucoup d'argent, et puis elle ne pouvait pas augmenter ceux qui se trouvaient chez elle et elle ne pouvait pas demander aux nouveaux de payer davantage alors que ceux qui se trouvaient déjà là payaient exactement ce qu'ils payaient auparavant. Donc Anna laissait les choses aller tout comme elle avait commencé. Elle travaillait et travaillait, tout le jour, et elle réfléchissait toute la nuit comment économiser, et avec tout son travail elle pouvait tout juste réussir à continuer de vivre. Elle ne pouvait pas gagner assez pour mettre de l'argent de côté.

Anna recevait si peu d'argent qu'il lui fallait faire tout l'ouvrage elle-même. Elle ne pouvait même pas payer la petite Sallie suffisamment pour la conserver avec elle.

Ne pas avoir la petite Sallie et n'avoir qui que ce soit d'autre pour travailler avec elle rendait très difficile à Anna de sortir, car elle ne croyait jamais qu'il fût bon de laisser une maison sans personne. Une fois de loin en loin, le dimanche, Sallie qui maintenant travaillait dans une usine venait et restait à la maison à la place de la brave Anna, qui alors sortait l'après-midi avec Mrs Drehten.

Non, Anna ne voyait plus beaucoup ses anciens amis. Elle allait parfois voir son demi-frère et sa belle-sœur et ses nièces, et eux venaient toujours la voir pour son anniversaire et lui apporter des cadeaux, et son demi-frère ne l'oubliait jamais dans ses tournées des jours de fête aux distributions de pain aux raisins ; mais ces parents qu'elle avait n'avaient jamais représenté grand-chose pour la brave Anna. Anna faisait toujours son devoir envers eux, et elle aimait bien son demi-frère et les miches de pain aux raisins qu'il lui apportait étaient tout à fait les bienvenues maintenant, et Anna donnait toujours à sa filleule et à sa sœur de beaux cadeaux, mais personne dans cette famille n'avait jamais pénétré dans l'affection d'Anna.

Quant à Mrs Lehntman, Anna la voyait très rarement. Il est difficile de reconstruire sur une vieille amitié lorsque dans cette amitié il y a eu une amère désillusion. Elles faisaient de leur mieux, ces deux femmes, pour être amies, mais il ne leur fut plus jamais possible de se sentir proches. Il y avait trop de choses entre elles dont elles ne pouvaient parler, des choses qui n'avaient jamais été expliquées ni non plus pardonnées. La brave Anna faisait toujours de son mieux pour la sotte Julie et elle voyait toujours de temps à autre Mrs Lehntman, mais cette famille avait maintenant perdu sa véritable prise sur Anna.

Mrs Drehten était maintenant la meilleure amie que connût Anna. Là, il n'y avait jamais rien de plus que la mise en commun de leurs chagrins. Elles parlaient tout le temps du meilleur parti à prendre maintenant pour Mrs Drehten, qui, avec son principal souci, son méchant mari, n'avait vraiment pas à prendre de parti. Elle ne pouvait que travailler et avoir de la patience et aimer ses enfants et être très calme. Elle avait toujours une apaisante influence maternelle sur la brave Anna qui, avec son corps irritable, tendu et usé, venait s'asseoir auprès de Mrs Drehten et épiloguer sur tous ses ennuis.

De tous les amis que la brave Anna avait eus durant ces vingt années à Bridgepoint, le bon prêtre et la patiente Mrs Drehten étaient les seuls qui fussent maintenant intimes avec Anna et avec qui elle pût parler de ses ennuis.

Anna travaillait, et réfléchissait, et économisait, et grondait et soignait tous ses pensionnaires, et Pierre, et Rags, et tous les autres. Il n'y avait jamais de fin aux efforts d'Anna et elle était de plus en plus fatiguée, de plus en plus jaune citron, et sa figure de plus en plus maigre, et usée et tracassée. Quelquefois ça allait plus loin que de ne pas être bien, et alors elle allait voir le Dr Herman qui avait opéré la brave Mrs Drehten.

Ce dont Anna avait en réalité besoin, c'était de se reposer quelquefois et de manger davantage afin de devenir plus forte, mais c'était là les dernières choses qu'Anna pouvait se résoudre à faire. Anna ne pouvait jamais prendre de repos. Il lui fallait travailler dur tout l'été de même que tout l'hiver, autrement elle ne pourrait jamais joindre les deux bouts. Le docteur lui donnait des médicaments pour la rendre plus forte mais ils ne paraissaient pas lui faire beaucoup de bien.

Anna était de plus en plus fatiguée, ses maux de tête devenaient plus fréquents et plus violents, et elle se sentait maintenant presque toujours très malade. Elle ne pouvait pas beaucoup dormir la nuit. Les chiens la dérangeaient par leur bruit et tout son corps semblait lui faire mal.

Le docteur et le bon prêtre essayaient souvent de lui faire prendre plus de soin d'elle-même. Mrs Drehten lui dit qu'elle ne se remettrait sûrement pas si elle ne s'arrêtait pas de travailler un petit moment. Anna promettait alors de faire attention, de se reposer au lit un peu plus longtemps, et de manger plus afin de devenir plus forte, mais vraiment comment pouvait-elle manger alors qu'elle faisait toujours la cuisine et en était si dégoûtée avant que ce ne soit à moitié prêt à être servi ?

La seule amitié d'Anna maintenant c'était la

bonne Mrs Drehten qui était trop douce et trop patiente pour faire jamais faire à une entêtée et fidèle Anna allemande ce qu'elle aurait dû, là où il s'agissait de son propre intérêt.

L'état d'Anna empira pendant tout le cours de ce second hiver. Lorsque vint l'été, le docteur dit qu'elle ne pouvait tout simplement pas continuer à vivre ainsi. Il dit qu'il fallait qu'elle aille à son hôpital et que là il l'opérerait. Alors elle irait bien et serait forte et en mesure de travailler dur tout l'hiver prochain.

Anna pendant quelque temps ne voulut pas écouter. Elle ne pouvait pas faire cela, car elle avait une maison tout installée et elle ne pouvait simplement pas l'abandonner. Finalement vint une femme qui dit qu'elle prendrait soin des pensionnaires d'Anna et alors Anna dit qu'elle était prête à partir.

Anna alla à l'hôpital pour l'opération. Mrs Drehten n'était pas bien portante elle-même mais elle vint à la ville, de façon qu'il y eût au moins une amie avec la brave Anna. Ensemble donc elles allèrent là où le docteur avait si bien réussi avec Mrs Drehten.

Au bout de quelques jours Anna fut prête. Puis on fit l'opération, et alors la brave Anna avec son corps vigoureux, surmené et usé, mourut.

Mrs Drehten fit part de sa mort à Miss Mathilde.

« Chère Miss Mathilde, écrivit Mrs Drehten, Miss Annie est morte hier à l'hôpital après une pénible opération. Elle parlait tout le temps de vous et du docteur et de Miss Mary Wadsmith. Elle a dit qu'elle espérait que vous prendriez Pierre et le petit Rags avec vous quand vous reviendriez habiter l'Amérique. Je les garderai ici pour vous, Miss Mathilde. Miss Annie est morte doucement, Miss Mathilde, et vous a envoyé ses affections. »

## DÉCOUVREZ LES FOLIO 2 €

*Parutions d'octobre 2006*

H. DE BALZAC *Les dangers de l'inconduite*

Sous couvert d'inculquer de bons principes en donnant cette triste histoire en exemple, Balzac peint l'étonnant portrait d'un homme d'argent.

COLLECTIF *1, 2, 3... bonheur!*

Mieux qu'une cure de vitamines, lisez *1, 2, 3... bonheur!*

J. CRUMLEY *Tout le monde peut écrire une chanson triste* et autres nouvelles

Avec une tendresse bourrue pour ses héros désespérés, James Crumley nous offre trois textes rares.

FUMIO NIWA *L'âge des méchancetés*

Un texte féroce et dérangeant sur la vieillesse.

W. GOLDING *L'envoyé extraordinaire*

Une histoire à l'humour débridé et fantaisiste, un conte philosophique cruel par l'auteur de *Sa Majesté des Mouches.*

P. LOTI *Les trois dames de la Kasbah* suivi de *Suleïma*

Homme de lettres, officier de marine et grand voyageur, Pierre Loti, dans une prose limpide, nous offre un tableau sensuel et cruel de l'Algérie française.

MARC AURÈLE *Pensées* (Livres I-VI)

Un examen de conscience étonnamment moderne à lire et à relire.

J. RHYS *À septembre, Petronella* suivi de *Qu'ils appellent ça du jazz*

Deux histoires de femmes malmenées par la vie dont le destin bascule au hasard d'une rencontre.

G. STEIN *La brave Anna*

D'une plume juste et sobre, Gertrude Stein évoque la banalité du quotidien et le destin manqué d'un cœur simple.

VOLTAIRE *Le Monde comme il va* et autres contes

Avec une ironie mordante et une langue acérée, Voltaire dénonce les travers de son époque — ou est-ce de la nôtre ?

*Composition Nord Compo*
*Impression Novoprint*
*à Barcelone, le 4 septembre 2006*
*Dépôt légal : septembre 2006*

ISBN 2-07-033995-5./Imprimé en Espagne.

145172